礼物

蒋筱寒诗选

2004—2015

蒋筱寒 著

上海教育出版社
SHANGHAI EDUCATIONAL
PUBLISHING HOUSE

献给我的姥爷

用诗歌刻印生命的年轮

苏州的史金霞老师上个月寄来了她女儿的诗选,希望我能够写序。

我一直不敢答应,但她锲而不舍的精神的确让我既为难又感动。昨天夜里,她下了最后通牒:要不然写个推荐语吧!

其实,这样的邀请对我来说是种幸福的烦恼。一方面当然为作者取得的成绩由衷高兴,可另一方面我的工作十分忙碌,我的写作与阅读计划也远远没有完成。

不过,要我推荐的话,我推荐的是这母女二人。

史金霞是"教育在线"的老网友。如果记得没错的话,她的网名是"沧海月明",当时在河北的县城教书。她像与风车搏斗的堂吉诃德一样,艰难地拼搏着。后来,她跳槽来到了张家港,在一所私立学校里工作。几年后,她回到了苏州市,回到体制内。在经历了一些挫折的打磨后,她顺利"转型",找到了理想与现实、个人与体制之间的平衡,在学校、在课堂如鱼得水地游弋。我读过她的《不拘一格教语文》一书,她那些关于语文教育的文字,寄托着她的梦想。

史金霞说,她希望语文是向着温暖与明亮的。温暖,就是要有爱,有人性,有乐趣,有成长;明亮,就是要有理智,有希望,有生活,有力量,有担当。她的主张不仅使她的学生们受益,自然也使她自己的女儿受益。

读着蒋筱寒的诗,我眼前晃动的总是史金霞的影子。史金霞虽然没有直接参与新教育实验,但作为"教育在线"的老网友,她对新教育"共读、共写、共同生活"的理念一定不陌生。我相信,作为榜样的母亲,是家庭教育的力量源泉。

我不懂诗。我从蒋筱寒的诗中读到一个有着青春梦想的女孩子，一个对人生有着自己独特思考的高中生。读这本诗集，我更像读一个人的成长史。一个与诗歌和文学一起成长，一个被做语文老师的母亲不断呵护、指引着成长的女孩子的心灵史。从几岁初起步时懵懵懂懂的稚嫩，到十几岁时的字斟句酌，再到中学后的书卷气、最近的从容老道，我们能够鲜明地看见她的成长。正像蒋筱寒在《无题》中写的那样：

就好比跳房子
他们都一格一格往前跳
界线都出现在他们眼里
他们不会出局
而我呢
在空白的大地上
蹦来蹦去
每跳一次都是出局
我们完全不在一个世界里。
——《无题》

作为一个独特个体的蒋筱寒，在自己的世界里尽情挥洒着青春与才情。所以，我们可以把这本诗选当作一个孩子的成长史来读，当作一个接受着"另类"教育的个案来研究。

因此对蒋筱寒来说，不管今后是否走上文学的道路，不管今后考上什么大学，选择什么职业，这样用诗歌记录生活、记录情感、记录思考的习惯与能力，都是弥足珍贵的。

有诗歌陪伴的人生，是高雅的人生。

用诗歌刻印年轮的生命，是高贵的生命。

是以为序。

朱永新

2015 年 5 月 11 日于内蒙古

序二　　欢乐地叫喊，单纯地哭泣

我们的世界总是充斥着这样的场景：大人们坐在一起严肃讨论关乎时代的主题，一群孩子在门口吵闹，有一个或者两个孩子甚至会闯进大人的会所，他们欢乐地叫喊或者单纯地哭泣，让大人们的工作不得不中途停下来。

是让孩子们留在这里，还是把他们赶出去？这是个问题。有一个名叫耶稣的人说："让小孩子到我这里来吧，不要禁止他们！"

许多年过去了，人们一直在思考，为什么耶稣如此喜欢孩子呢？

或许每个孩子都是诗人吧，我想。

再次重复孩子们的风景：欢乐地叫喊，单纯地哭泣。我想念我的小时候，坐在屋檐下，双手托腮，发呆。大人们偶尔路过，会拍拍我的脑袋说：这个孩子是不是一个哑巴？他好像一年没有说话了。

许多年过去了，我还记得大人们的疑惑，可惜我忘记了我发呆的理由。

多么幸运啊，蒋筱寒却记得她小时候所有的细节。她把这些细节写在纸上，构成了诗歌。

对于世界而言，时间有多长，诗歌就有多久。

青山的小河流流，小河的青水漂漂。
流流，漂漂。
我流流流，我漂漂漂。
白云像小羊像小羊，太阳像火球像火球。
我们的家乡是地球妈妈的身体，
地球妈妈真辛苦真辛苦，

妈妈，妈妈呀！
——《古诗一首》

　　我能够想象 6 岁的蒋筱寒看河水的情景。其他的孩子或许正在哭着寻找父亲，但蒋筱寒在看河水，她不太爱说话，安静地看了一会儿，回到家里，掏出铅笔和纸，写下了这样一首诗。她有着欢乐的叫喊，她有着单纯的哭泣；她的欢乐里有眼泪，她的眼泪里有欢乐。这是一个幼小灵魂的讶异，是一个讶异的灵魂对着这个更大的世界不可抑制的赞美。她记录的是内心深处的印象，一首印象主义的诗歌，永远保存了一个小女孩反反复复的词语。这些词语是蒋筱寒的力量，这些词语，就是蒋筱寒自己。

　　唉，慢点儿，我们走得太快，灵魂跟不上了
　　它被我们脚下趟起的尘土迷住了双眼
　　看不清我们走过这儿时的足迹

　　唉，慢点儿，我们走得太快，灵魂跟不上了
　　它一个人孤零零地被我们丢在了森林里
　　找不到出口

　　唉，慢点儿，我们走得太快，灵魂跟不上了
　　它一个人划着一条船被静谧的大海包围着
　　辨不清方向
　　——《我们走得太快，灵魂跟不上了》

　　这是蒋筱寒 13 岁时的作品。生命染上了一点点悲伤，不过小孩子的眼神，她对世界的打量，依然是欢乐地叫喊，依然是单纯地哭泣。尘土与森林，还有大海，大海里的鱼，依然停留在孩子的世界里，但命运似乎要拉着我们的诗人快点走。脚步的节奏总是比灵魂的速度要快，不是因为灵魂迟疑，而是因为脚步愚蠢。

> 他感觉这很好。他用不了那么大的地方。
> 只要一小块田地，种玉米小麦。他还想种草莓，够他一年吃一回就好。
> 一点点乌云，一点点雪。一点点满天星，一小片天空。
> ——《他的国》

这是蒋筱寒 17 岁的作品。理所当然，她还像一个小小的孩子，她的眼睛停留在乌云、雪、星斗、天空之上，停留在玉米地、小麦和草莓之上。她似乎没有着急地扑向人世间。有些时候，蒋筱寒在放学之后，手上拿着画册，头发上别着胡桃夹子，慢悠悠走在回家的路上。与其他的孩子不一样，诗人虽然背着双肩包，但她的肩上，靠近锁骨柔软的地方，还长着一双新鲜的翅膀。

她的翅膀上有欢乐的叫喊，也有单纯的哭泣。许多年以后，人们记得她的名字，因为她总是像孩子一样在写诗，因为她是一个永远的孩子。

是为序。

苏小和
2015 年 5 月 18 日

对得起生命的礼物

1

"妈妈,您辛苦了,谢谢你无条件付出,原谅我曾一度无视这永远的、不变的港湾,我会更加珍惜你! 我爱你!"

这是小寒在 2015 年 5 月 7 日,母亲节前夕,写给我的。

回顾我们母女一起走过的路,我是感到惭愧的。"无条件地爱",我常常会忘记这一点。该请求原谅的人,是我。

回顾孩子这十七年的辗转流离,愧疚从心中涌出:

"说什么感谢啊,孩子,妈妈带你来到这个世界上,却一直都没有好好保护你,非但没有好好保护你,还带给了你如此之多的生离死别之痛,失落悲愁之苦! 我绝不是一个合格的母亲。而所有,由我而加之于你的伤害,都是永远无法挽回的! 感谢你,孩子,感谢你,无条件地爱我,信任我,依赖我——给我机会,让我和你一起成长。"

我为她所做的一切,与其说出于责任,出于爱,不如说,是为了弥补,为了挽救,为了赎罪。

如果说,这十七年中,我还有些值得肯定的地方,那应该是无论处于何种境地,一直将自然、书籍和音乐这三样东西,为小寒保管珍藏。也因为这些,她才得以变得越来越强大,并且,找到了确立她生命的三样东西:诗歌、绘画和音乐。

小寒的诗歌,清晰地记录了她十一年间情

感、心灵和思想的成长，是一个人的诗歌史。无论从教育，还是从人的成长，她的诗歌，都给人以生命的善意、美好与力量。它绝不是玩弄技巧的无病呻吟，而是饱含着生命热情的，一个真实的、独特的人的声音。阅读这些诗歌，一个孩子从6岁写到17岁的诗歌，这些饱含着泥土气息和生活滋味的稚拙的诗歌，作为她的母亲，我欣慰于诗歌对孩子的成全救赎之力量。作为她的读者，我体悟到诗歌之美，也发现了远远大于诗歌的东西。

经过北京大学出版社曾健先生（大风清扬）的推荐，中国中福会出版社的吴斌荣女士读到了小寒的诗歌，为之深深感动。2014年8月，她们甚至专程从上海赶到苏州，就是为了看看小寒，和她、和我聊聊天。如今，小寒的诗集——《礼物：蒋筱寒诗选2004—2015》就要正式出版了。

2

但这并不意味着，她从此就要成为一个诗人。

就像一个老师比一个语文老师更重要一样，一个人肯定比一个诗人更重要。

《上课记》的作者，诗人王小妮老师，就不主张孩子成为诗人：

为什么总要有人成为诗人呢，一代又一代，敏感给予这个群体的，总是多过别人的承受，这已经变成了逃不掉的循环。

——《王小妮：我们需要更多的诗人吗》

但是，小寒之于她的诗歌，与其说是我引导她写诗，不如说是她自己选择了诗歌这种表达自己、救赎自己的方式。**我所做的，只是没有去阻止。**

　　每个人都要找到属于他个人的表达方式，写诗、画画、唱歌、听音乐、运动、下棋、发呆……并且，可以借此建立与自己、与他人、与世界的联系，就不至于使生活过得太难捱，就有可能获得面对生活中种种疼苦的勇气和力量，从而为了生活是桩美妙的事而生活，而不仅仅是忍受。因为，保持热情，保持热爱，保持对美的感动与向往的激情，就会产生创造的动力与愿望，而一个钟情于创造而不是毁灭的人，不管他是诗人、画家还是音乐家，也不管他是官员、商人还是农夫，他都会成为一个为了活得快乐幸福而勇敢地活下去的人。

　　是的，就是这样，慢慢地，小寒长到了17岁，画画、音乐和诗歌，逐渐地成了她表达自己的方式，创造的方式，也是救赎成长的方式。作为一个热爱诗歌的孩子，她有愿望出版自己的诗集，身为母亲，我愿意尽力帮助她实现这个愿望。

　　还有一种观点很常见，那就是"写诗的人过于敏感会带来更多痛苦"，我却不认同。

　　痛苦，几乎是不可避免的。尤其是孩子们的痛苦，不是我们想让它们多就能多，想让它们少就能少的。每个人成长中所经历的痛苦，很难归罪。作为母亲，我认为自己对于孩子负有罪责，但是，作为我父母的女儿，我所承受的这些痛苦，又可以归罪于谁呢？如果我归罪于我的父母，那么他们将近七十年的人生历程中，所罹受的一切，也继续向上问责吗？如此下去，每个当事人，都是无辜的，每个造人者，都是有罪的。那么，罪是不是也同样，可以代代相沿？

所以，人的命运是有其难以掌控而必然存在的悲剧性的。我的小寒成长在我的身边，承受我带给她的痛苦。同时，也会罔顾我的规劝，而自己给自己制造新的痛苦，同时也会给我带来痛苦。而假使她生长于他人之手，也势必会有另一种痛苦，恰如会有另一种欢乐一样。

　　对于命运，还是史铁生说得好，"休论公道"。挺住就是一切，并与生活达成和解。

　　而且，我也不认为写诗的人就会比不写诗的人格外地多承受痛苦。不同的人，会有对于痛苦的不同定义，而不同的人所承受的痛苦，种类与程度也是不同的。痛苦是无可避免的。作为父母，与其想着避免让孩子承受痛苦，倒不如想办法帮助孩子建立承受痛苦的勇气，增强孩子感受美好热爱生活的能力。

　　这一点，诗歌就可以做到。当然，其他的、纯粹的、美好的，那些可爱的东西，也可以做到。

　　既然我的孩子选择了诗歌，我就支持她走下去。

　　　　3

　　也许，小寒真的会成为一个诗人。如诗人王家新、蓝蓝和张文质所祝愿与期望的那样，"走一条远路"，成为"汉语诗歌可期待的未来"；也许，她会如画室老师所祝愿的那样，考取清华美院，并最终成为一个画家；也许，她会像她现在所想的那样，最终成为一个艺术家，在博物馆里，举办她的个展；也许，她会开一家书吧、花店，或者成为服装设计师、插画师……

　　其实，这些真的不重要。"君子不器"，我们活着，不能为了追求一个具体的职业而奋斗终生。而且，这些具体的东西，我们根本没有办法预料和安排，上帝的骰子没有掷出之前，谁知道结果会是什么样的呢？

曾经有一段时间，我特别渴望拥有一个水晶球，让我看到未来，看到未来我会和谁共度人生，看到未来小寒会长成什么模样。小寒也曾经多次跟我讨论人生，探究命运，思考冥冥中是不是有天注定，甚至想知道，她现在的决定是足以改变未来的偶然，还是早已被设置好的必然……人间自有天意，注定不是我们所可以控制。我们所能控制的，就是我们自己。

所以，我常常会对小寒说，要以感性去热爱生活，而以理性去解决问题。我希望她在生活的历练中，获得越来越多的解决问题的能力与勇气，而不是遭遇更多的被问题所解决的沮丧和无奈。当她真正地开始为了自己的梦想（是梦想而不是目标）而自觉地奋斗，当她不再是被妈妈推着拉着扯着的那个哭哭啼啼不想长大的孩子了，她才是自己迈出了勇敢面对、自信顽强、坚实勇毅的第一步！

小寒的追求，是发自内心的。她写诗，因为她爱诗歌与写作；她画画，因为她热爱绘画与艺术；她弹琴，因为她热爱音乐。她不是为了某一个具体的目标，比如成为诗人、考取美院、成为乐手而做这一切，她完全是出于自己对它们的热爱。

这三样，除了弹琴她不需要面对考试，写作要面对考场作文，绘画要面对艺考。而只要有考试，尤其是目前，考试的观念、形式、题目甚至试卷批改，都还有诸多不尽如人意之处。面对有可能会磨损人的灵性与激情的"考试",身为教师和母亲,我首先必须理性地对待它、研究它、攻克它。在备考过程中,培育呵护孩子的灵与情,帮助孩子强大。"善战者,致人而不致于人",考而不死是为神!

所以,当我看到她为了实现梦想能为自己设定奋斗目标,能每天主动在学习的时候将手机放到他处,能反复研磨数学题,能在去画室的路上背英语单词、背名言名句……我知道,她已经可以理性地去解决问题了。这些不是什么苦难,它们就是问题,是每个人成长中必须去勇敢面对、自己去解决的问题。

我很欣慰地看到,小寒对自己有着清醒的认知。记得小高考前夕一个春风沉醉的晚上,我们一起散步回家。我问她:"小寒,妈妈确实不能理解,为什么你明明理解了,也都默写了的知识点,比如史地政物化生,甚至包括语文的名句,怎么过两天你很快就会忘得一干二净呢?既然理解了、记住了,就不该这样啊?"小寒答道:"因为我是一个创造型的人才,我不擅长记忆。你看我写的诗,我画的画,我拍的照片,角度都很独特,都是与众不同的。"

作为一个一直以博闻强识而自傲的记忆型人才,她的回答让我茅塞顿开。

创造型的小寒,顺利地通过了小高考。她的小六门成绩,达到了985和211这样的综合性大学以及中央美术学院等八大美院对艺术生的成绩要求。同时,她晋级第十届"全国创新作文大赛"江苏赛区决赛。南京大学的决赛后,她又入围在北大的全国总决赛。

此时的她,正在认真地读书。里尔克、阿赫

玛托娃、尼采、凯尔泰斯·伊姆莱、菲利普·雅各泰、耶麦、帕斯捷尔纳克、特朗斯特罗姆、茨维塔耶娃、奥斯汀、塞万提斯、张爱玲、王小波……和她一起坐在床上。

遥遥看着她的背影，我不禁想起她在小高考结束当天所写的那首诗：

是的，我是强大的
不畏惧背后烈火燃烧
前方的天际已泛红
在我的眼里倾盆大雨下着
浇灭所有能被毁灭的明天
这会让每个人都满意，无怨无悔
而这之后，我的心会随之离去
走进温暖美好的黑暗
——《深陷其中》，2015 年 3 月 29 日 15：38

如诗中所预言，小高考结束后，她走进了"温暖美好的黑暗"。

每周三四五的中午，人最疲乏时，她都要背上书包，穿越园区，横跨市区，去学画。每天，她都会说，路上都快睡着了。每天晚上，她回家后吃完饭先弹吉他，再写作业、画速写，常常会累得倒头和衣睡去。第二天早上 6 点多钟，又被我喊起。而每个周末，她早上 7 点钟起床，乘地铁、倒公交，赶到画室去上课，晚上归来，学吉他，写作业。

那么，如此勤勉地奋斗，到底是为了什么？

4

人要有追求，但是，不能为追求所控制。

奥斯卡影片《爆裂鼓手》中的男孩，一开始就是为"成为名垂史册、万众瞩目的鼓手"这个目标所控制。为了达到目标，不惜一切代价，不珍惜亲情、爱情，不在乎友情。在对目标的疯狂追逐中，他可以随心所欲地伤害家人而不以为意，可以视女友为负累并一拍两散，可以对乐队中其他的乐手视而不见乃至幸灾乐祸。甚至，可以不顾自己的死活。这个目标，疯狂地控制了他，使他不能过完整的生活，直至濒临崩溃。

好在影片总是峰回路转。后来，在挚爱他的父亲的努力下，他意识到了问题并尝试做出改变：重新演出前，终于鼓起勇气电话妮可，邀请她去观看演出。他希望妮可能够成为他摇滚之路上的倾听者、陪伴者，他不再想孤独一个人了。可是，妮可已经有了一个不喜欢摇滚的男朋友……在演出时，魔鬼老师揭穿真相并报复戏弄而激怒了他，但他没有像之前一样，冲上去撕咬这个老师，而是下台去，拥抱亲吻自己的父亲。然后，再次上台，反戈一击，爆发小宇宙，演绎爆裂鼓手的传奇。

也许有人会赞叹，说是老师激励了他。而我却看到，是爱救赎了他。我想，他不会再鄙视自己的父亲，也会拥有自己的朋友，即使妮可不可能再回到他的身边，他也一定会遇到属于自己的爱情。

人，如果被一个目标控制住，哪怕那是一个崇高伟大的目标，也会使人异化，乃至疯狂。生活，是完整的，人，应该是有血有肉的。七情六欲，活色生香，丰富温暖，才是人。这可以解释为什么帕斯卡尔说：人既非天使又非禽兽，而不幸就在于想表现为天使的人常常却表现为禽兽。

同为奥斯卡影片，《爆裂鼓手》与《鸟人》有很多相似之处。不同在于，男孩子从爱中得到了救赎，而鸟人先生以及他百老汇里的朋友们，已经丧失了爱的能力，陷于名利泥淖中难以自拔。毕竟，成年人中了极深的毒，是不大容易排毒的。

所谓功成名就，真是一个可怕的东西。就像魔戒一样，是会让人变成咕噜的。

在这一点上，我也是个中毒很深的人，远远比不上小寒。

曾经，我自傲于我是个开明温和的母亲，不苛责孩子的分数，给她自由的少年时代。而后来，我又懊悔于我不是虎妈，不曾在她的童年和少年对其施以严格的督管，让她养成训练有素、分秒必争的习惯，致使她的中学时代蒙上了一层阴影；而如今，我不得不庆幸，我还是选择了一条适合她的道路。尊重是对的，保护是对的，等待是对的，陪伴是对的，所有忍受过的痛苦，都是值得的。

如今的小寒，既追求梦想，又享受生活，珍惜朋友和亲人，思考爱情与命运，却从来没有追求过所谓的"成功"。

5

过去一年里，不断有诗人自杀的消息。从打工诗人许立志，到大学老师陈超，再到90后诗人王尧。

关于诗人之死，也是我和小寒经常谈论的话题。

舆论喜欢美化诗人之死，也喜欢夸大诗人之死。好像诗人就等于疯子，是不健全的人，注定无法过上快乐幸福的生活。举目世界，自杀者绝不仅限于诗人，过去一年，自杀的官员和商人比诗人不知道要多多少倍了。而诗人一旦自杀身死，却顿时在俗世产生了光环，会被崇拜，被赞美，被过度解读。

诗人，首先是一个人。一个人，选择结束自己的生命，必定有许多不为人知的原因。甚至有时候，是一念之间决定生死。不管他是学者、官员、商人、农人还是诗人，自杀都是生命的悲剧。美化诗人之死，把诗歌与死亡画上等号，是媚俗的，愚蠢的，也是不道德的。看看世界上那些伟大的诗人，其中更多的是通过诗歌与世界建立了深广的联系。比如，小寒所钟爱的诗人特朗斯特罗姆，他以84岁高龄辞世。他的葬礼，成为诗人的荣耀。

对于小寒，这个独一无二的孩子，我深信，诗歌不会促使她毁灭，恰是诗歌，使她免于毁灭。是诗歌，使她看到自己，也看到他人，使她敢于"面对自己的悲剧"，也敢于面对一个时代的"荒凉"。

与其说，诗歌（或文学）让人痛苦，倒不如说，许多人是因为痛苦而选择了诗歌（或文学）。而我要说，为什么不因为爱而选择呢？这么美好的东西，不要把它仅仅变成排遣痛苦寂寞的工具，让它成为创造美、呵护善、追求真的源泉吧！这才对得起我们的生命，对得起诗歌。

所以，蒋筱寒，这个17岁的孩子，才会在那首写于2015年除夕的《十年》一诗中，如此感谢：

即使在最深的夜里，当我看见那颗璀璨
即使海草如发般缠绕
这颗星依旧引导着我

解开我，或救我。

此时，我终于明白，为什么小寒坚持要用
"礼物"命名这部《蒋筱寒诗选（2004—2015）》。
因为，这诗集，不是她成功的标志，而是她献给
成长的礼物，献给这个世界的礼物。

是为序。

史金霞

2015 年 5 月 7 日夜至 8 日 10:51 初稿于苏州

5 月 20 日再改，7 月 9 日改定

目录

2006 年·8 岁

2007 年·9 岁

2008 年·10 岁

2009 年·11 岁

2010 年·12 岁

2011 年·13 岁

2012 年·14 岁

2013 年·15 岁

2014 年 · 16 岁

2015 年·17 岁

2004年·6岁

青山的小河流流，小河的青水漂漂。
流流，漂漂。
我流流流，我漂漂漂。
——摘自《古诗一首》

我爱我的家

我爱妈妈我爱家，
我妈妈每天晚上都给我讲故事。

我爱妈妈我也更爱姥姥，
我家里有 9 口人我全都爱。

我小妹妹还有我和我姥姥还有我舅舅
和我姨还有妈妈和姥爷、三姨、爸爸，
组成了我们的家。

2004 年 2 月 16 日

小河

今天我要开始写现在的河，是什么样的。
连老师，现在已经没有小河了，
现在我的身边真的没有小河了。
到了春天也别想看到小船在小河上漂流。
我真的希望能够有一天出现一条弯曲的小河。

2004年3月20日

小雨点

小雨点,快点停,
小鸟兔子都正在睡觉,
小雨停了,小鸟兔子就会出窝了。

沙沙沙,沙沙沙,
雨点落在大地上,
小水珠也起泡泡了,
小水珠也落在小草小树小花的花瓣上了。

2004年4月25日

小雨①

青山雨蒙蒙，
万水飘风风。
穿过竹林走，
彩虹挂天空。

2004年8月31日

---

① 这首诗，我画了一幅画，一个孩子，行走在青山绿水中。

秋天

秋天来了，
小燕子飞走了，
叶子也黄了。
原来，
秋天真的来了，
我最喜欢秋天了，
真快乐！

2004年9月1日

夜^①

太阳是个大火球，
月亮是个小月牙。
太阳全身都是火，
月亮全身都是冰。

2004年9月2日

---
① 这首诗，我也配有插图，画了可爱的月亮和太阳。

我希望

我希望我们家是奶油蛋糕做成的，
想吃就吃，吃完又长出一块。

我还希望我离着学校特别近，
早晨不用早起。我喜欢我的希望。

我希望我是一只小鸟在天空中飞翔，
我在天空中能看见许多家乡。

我希望我是一只美丽的孔雀，
能给每一个人治好病。
我知道我希望的有很多，
但是我想的却不是真的。
我希望我真的是一只孔雀和小鸟。

2004年11月21日

快乐儿歌

红红的太阳，红红的蝴蝶。
蓝蓝的天空，蓝蓝的小河。
它们能给我们带来快乐。

绿绿的山坡，绿绿的小草。
还有五颜六色的小花，
它们也能给我们带来幸福和快乐。

活泼的小鸟，活泼的筱寒，
还有活泼的筱伊①，
她们也能给我们带来快乐。

2004年12月27日

---

① 筱伊是《我爱我的家》中的小妹妹，是舅舅的女儿。

古诗一首①

青山的小河流流，小河的青水漂漂。
流流，漂漂。
我流流流，我漂漂漂。
白云像小羊像小羊，太阳像火球像火球。
我们的家乡是地球妈妈的身体，
地球妈妈真辛苦真辛苦，
妈妈，妈妈呀！

2004年12月31日

---

① 儿时，我常以"古诗"为题，并每每署名"汉·蒋筱寒"。

11

2005年·7岁

冬天，
地球奶奶的头发白了，地球奶奶也老了，
但是，地球奶奶这样过三个月就可以变成春天了呢！
——摘自《四季之歌》

古诗

风儿吹吹吹，鸟儿飞飞飞。
云儿漂漂漂①，叶儿想睡觉。
我们爱祖国，鲜花爱水滴。
我要生活在世界里，世界里。
碧绿的草我很喜欢我很喜欢呀。
小花小花红润润的嘴巴，
真好玩，真好玩。

2005年1月3日

①"小寒，为什么用漂啊？""因为天空是大海呀！"

小雪花

雪花雪花满天飘,
你有几个雪花瓣儿?
一二三,四五六,
啊,你有六个雪花瓣儿!

咦,雪花哪儿去了?
原来太阳出来了
太阳一出就变云

雪花,雪花,
白白的嘴巴。
雪花,雪花,
美丽的雪花!!!

2005年1月4日

大太阳和大地球

太阳是个大火球
太阳转一圈就是一年
地球是个大星球
地球转一圈就是一天

太阳爷爷真辛苦！
太阳爷爷几岁啦？
我已经一千多岁啦！

地球妈妈真辛苦！
地球妈妈几岁啦？
我已经五百多岁啦！

哎呀呀，哎呀呀
太阳爷爷比地球妈妈大好几岁呀！

2005年1月6日

小书包

小书包，小书包
你的模样真漂亮，
每天为我服务你真辛苦！！
我们天天背着你
背着你，去学校。
你的肚子圆鼓鼓，
里面装满了本和书。
背上你，我的心里真幸福！！

2005年1月10日

小胖猪

小胖猪，噜噜噜，
身体胖乎乎，
眼睛黑乎乎，
走起路来扭一扭，
真像一个模特儿师。
真可爱，真可爱！

2005年1月14日

小花猫

小花猫，喵喵喵，
我抱抱你，你就跑，
我追你，你还跑，
我出去玩，你就追我，
嗨，真调皮，真调皮。

2005年1月21日

四季之歌①

春天，
地球姑娘的头和身体长满了绿色的小草和美丽的小花。

夏天，
地球姐姐的身体和头上充满了清凉的河水。

秋天，
地球妈妈蔚蓝的湖水和蓝天连成一体，
朵朵白云在水面上悠悠飘荡。

冬天，
地球奶奶的头发白了，地球奶奶也老了，
但是，地球奶奶这样过三个月就可以变成春天了呢！

2005年2月17日

---

① 这首诗，我每节画了一幅画，画出了我眼中的四季。

如果

如果明天是星期五那该多好呀！
因为，星期五我姥姥接我来，
所以我希望明天就是星期五。

如果妈妈是我姥姥，
我会特别高兴，
因为，我姥姥在这里我特别开心。

如果我要是妈妈，
我会狠狠地批评我的妈妈，
如果我妈妈没有错误，
我会夸奖我的妈妈。

2005年4月18日

面具之歌

小小面具，
小小面具，
真好看，
真好看，
眼睛大大的，
鼻子小小的，
头顶是蓝色的，
鼻子是粉色的，
眼睛是粉色的，
脸是黄色的，
像个大怪物，
像个大怪物。

2005年11月3日

2006年·8岁

妈妈，为什么每个人都要老，
都要死去。而不能长生不老?
——摘自《妈妈您那苍老》

古诗二首

一

学习是痛苦，
累死了我蒋筱寒。
没关系，
一定会有后来人！

二

学习是很累，
但是要坚持。
长大了当老师，
才会有光荣。

2006年1月5日

月光和月亮

月光是那样柔和，月光是那样明亮，
照亮了村头的大青树，
照亮了家家户户的院子、屋子，
照亮了高高的大山。

从竹子叶中看月亮，特别好看，
好像是一个圆圆的月饼穿过竹林。
在脱光衣服的小树上看月亮，
好像是月亮挂在树枝上。
仔细看月球里面，确确实实的有嫦娥、玉兔、桂花儿树，
玉兔站在桂花儿树上，看看人间有什么好玩儿的，
嫦娥在桂花儿树下想着她的男朋友吴刚，
思念着、牵挂着，多么想吴刚呀！
王母娘娘呀你放过他们吧！

天空像深蓝色的海洋，
一朵闪烁的星星挂在月亮旁边。
多么美丽的月光和月亮呀！……

（这是我亲爱的妈妈背着我，去看月亮的。）

2006年2月10日

阳光

阳光，阳光是太阳发出来的。
阳光照射着大地，
大地充满了生机，
花、草、树、木都拥有着生机。
阳光就是一颗温暖、柔和的心，
阳光就像是风一样，在天空中
飘来飘去。阳光是
一颗有母爱的心，
让所有的人感到温暖，
感到阳光里所有的母爱。
我喜欢阳光！
我想，阳光应该是一种有营养的光，
对身体有好处。
我喜欢阳光！
春天的阳光照耀着孩子，
像温暖柔和的母亲的手，
抚摸着孩子们的额头。
我喜欢阳光！

2006年3月9日

书包

妈妈每天都要问我书包怎么这么沉?
我已经把要用的书都装上了,我又装了要用的本儿,没办法了。
我已经很尽力地把书包里的书装少,
可能是书包重,所以书包还是重的。

有一天,我们老师说不用拿书包了,
我们是因为要去大礼堂表演,我们就没拿。
我很不喜欢拿书包,因为太沉,跑都跑不快,
我真的不喜欢拿书包。

我真希望书包能轻好多,那样,
我能快速地跑了,我就高兴极了。
我的书包每个星期五都是特别沉的,
所以哪天我的书包是沉的,我就以为这天是星期五。

2006年3月15日

故宫

　　我和妈妈走过一座桥，就到了大门里面，里面就是故宫。我和妈妈看见一座城楼上有皇上和香妃，还有宫女，穿上了古代人民的服装，然后下来坐在宝座上，照了一张相。我和妈妈看了看，然后就走了。我想作一首诗：

今人穿上古代衣，
让人观赏又欢喜。
一个一个走下台，
今天何时是古代。

2006年3月21日

小树

春天来了！
春风把花草树木吹绿了，
娃娃们开始植树，
在欢声笑语中，小树们长高了。

春风一吹，小树就晃，
春姐姐下一场雨，
小树就洗了一个澡。

夏天来了！
小树长成了茂盛的大树，
有小朋友们在树下乘凉，
大树真的有用处。

秋天来了！
树上的果子熟了，摘下来吃一个，
哇！好吃，一个又一个地吃完了。

冬天来了！
大树们盖上了一层厚厚的
被子，睡着了，做着香甜的梦。

2006年4月1日

假如我

假如我变成木偶，
我怕用火烧，
我永远也长不高，
我学习好，
我已经满足了。

假如我长大变成理发师，
我会给人们做各式各样的头发，
假发，让人们的头发更美丽。

假如我长大了当老师，
我会把我所学的知识都教给
同学们，让他们知识更多。

假如我当校长，
我要每天坚持着工作，
要给老师们开会，
不浪费时间。

有很多假如，
我希望有好多好多的工作，
那么，我的世界将会更美好。

2006年6月19日

我想变成

我想变成一只小鸟，
自由自在，想去哪儿，
就去哪儿自由自在地飞翔，
能看见绿色的田野，广阔的世界，
往上看，有蓝色的天空，真美呀！

我想变成妈妈，
有了孩子，可以教她认字，
告诉她文明礼貌，
不要骂街、打人等，
其实当个妈妈很难的。

我想变成帆船，
能驮着人们过海，
穿过海洋，看着天空，
想要带着人们飞起来。

我想变成孙悟空，
可以七十二变，神通广大，
能死里逃生，真厉害，
孙悟空大神仙，真厉害。

2006年6月21日

妈妈您那苍老

妈妈，您那苍老的手像是
一根根光明亮堂的蜡烛，
照亮着我们，把我们一根根
点燃，燃烧着我们。让我们
一天天长大，一天比一天懂事。

妈妈，您那苍老的发……
妈妈，您那苍老无比的苍天白发，
每当春风一来，就会把您那白发苍苍的
头发吹起来，迎风而飘动。
您的头发里有好多您几年的
心血，意味着您对我们的关爱，和成长。

妈妈，您那苍老的眼睛，年轻的时候是
多么的明亮，
您变老了，是不是眼前没有
没有了年轻的时光！

妈妈，为什么每个人都要老，
都要死去。而不能长生不老？
可以告诉我吗？

2006年9月17日

感恩

我要感谢老师，
谢谢老师给我们好多知识
让我们长了见识，增长了知识。
我太感谢您了。

我要感谢妈妈，
谢谢妈妈给了我生命，
给我买了好看美丽的衣服。

我要感谢姥姥，
谢谢姥姥给我做好多好吃的，
谢谢姥姥给我洗衣服。

我要感谢所有的人，
谢谢他们喜欢我，教会我知识
给了我生命，给我好吃的。

我的亲人们，
是那么关心我，
是那么疼我，
是那么爱我，
我是多么幸福。

我长大了一定要好好地感谢他们。

2006年10月6日

2007年·9岁

如果你在孤独的时候，
最好要远离家长，
因为，在那时，
是家长们偷机取巧
最好的时机。
——摘自《"孤独"就会不"自由"》

黑夜

黑夜，是黑暗的，
黑夜，是快乐的。
黑夜，是有笑声的，
黑夜，是无比幸福的。

黑夜里运动的动物有的我特别喜欢，
我喜欢猫，猫头鹰，蝙蝠。
我喜欢猫，因为猫能捉老鼠，能为人民服务。
我喜欢猫头鹰，
因为它也能为人们捉那种吱吱叫的东西。
我喜欢蝙蝠，因为它有一双没有羽毛的翅膀，
有一双明亮的大眼睛。

黑夜里，寺里的钟声响起，
大人们开始睡觉，
小孩们脱衣，
寺里的钟声停止，
人类都把眼紧闭！

2007年3月13日

到底是姐姐听妹妹的,还是妹妹听姐姐的

有一天,姐姐想管妹妹,
有一天,妹妹想管姐姐。
当然,那是同一天。
突然,两位吵起了架,
姐姐说:"妹妹,我想管你。"
妹妹说:"我想管你,姐姐!"
就这样吵来吵去,不停止。
姐姐的嗓子哑了,妹妹的嗓子甜了!
把姐姐气死了,把妹妹笑死了!

2007年3月15日

凌晨

凌晨，我醒来，我起床，到阳台去看外面。
外面的世界真寂寞，只有一点儿学生们在跑步，
鸟儿们喳叫的声音。可能是小鸟儿刚
醒来，找不到妈妈，着急着呢！
凌晨有晨风，在学生们的面孔上拂过，
如果夏天的凌晨还是这么清醒的话，
那我愿意一年四季都过夏天。

2007年3月26日—28日之间

友谊的缺陷

看着窗外的蓝天、白云，我不禁想起三年级和王紫叶的快乐时光！
我在想，我是继续的和她玩儿，还是先不和她玩呢？
我自己的事情，我一定要自己解决。
可是我搞不定主意！

我看着天上飞翔的小鸟，我看着地上慢吞吞的乌龟，
我在想，还和王紫叶玩吗？
我看着天上飞翔的老鹰，看着地上正在往土里钻的蚯蚓，
我在想，还和王紫叶玩儿吗？
我看着大人在教训孩子，小孩儿在哭泣，
我也在想还和王紫叶玩儿吗？
我看着汹涌的大海，看着万分着急的海鸥，
我在想，和王紫叶玩儿吗？

看来朋友之间的问题真多，为什么搞也搞不懂，有理也说不清！

2007年4月15日

在麦地里

在麦地里，
有好多人的爱情
在里面扫荡。

那麦地里有好多爱，
那爱，把每一个麦苗
都传染上了。

2007年5月6日

雨,你停吧!

下雨让好多人在家关闭!
如果不信,让我来三句:
1. 我今天要练车,但是下雨,路滑。
2. 许多小娃娃每天都要出来玩儿,
因为在下雨,怕感冒。
3. 有人制好今天一天的计划,但是在下雨。
有人抱怨,都是因为"雨",
才让人这么孤独,尤其是小孩儿。
像8、9、10岁的小孩儿,都要找好朋友,
如果自己在家,就只能被关闭了。
比如我现在就很孤独,
所以我只能关闭在家写口记或写作业!
雨,你停吧! 让小孩们自由起来好吗?

下雨,快乐的气氛没有了,
下雨,孤独的气氛出现了。
我们听不到小院儿里的喧闹声,
只能听到下雨的哗哗声,雨下得太大了。
有时,我只能趴在窗前看着下雨的景色,
花儿不再那么鲜艳了,
草儿不再那么翠绿了,
一切变了,不那么生机勃勃。
到小院儿里闻闻花香,没有香味,
再到大杨树身上抱一下,没有以前那温暖……
下雨真不好!

转眼间，再看看天上，鸟儿们在空中
哀鸣，仿佛在找避雨的地方。我想
送给它一把小伞，让它不再淋雨，
更让它感到我对它的爱！

雨，你停吧！
太阳，你出来吧！

2007年5月22日

风,请你没事别胡来!

风,你知道吗?
今天你胡来的时候特别多,
弄得班里大约四分之一的同学心神不宁!

在这天下午,我的眼最尖,
看见谁有起身的动作,我得马上做好准备,
没有一次白做准备的!

风,你今天下午刮起的时候,弄得我们的
纸呀笔呀门呀都倒霉了,我们女生更倒霉
被头发弄得快疯了!

我们教室的门,比如有人出去,不用手关,
那门自动就"砰"一声关上了,
那声音超级大,你们可不知道
那风的力量是多么大!

在上课的时候,只要门一关,
有的人不理会这声音,继续干自己的,
有的人不是"哇"一声就是"啊"一声。
两次不吭声,我专心致志地做我的作业。

我们班还有在上课刮风,把桌子上的书
都刮得出哗啦啦的声音,还有本本,
更厉害,声音比哗啦啦还要哗啦啦。

我的妈呀！不过，风可以到该用着你的时候，
你再来，那真是太好了！
我简直高兴上再加高兴。

风，要记住，没事别乱来。
否则，就连校长也要除掉你。
你，风，听话一些好吗？
你，风，听劝好吗？
你，风，要马上离开这，
这儿对你来说很危险，到别的地方
去吧，别的地方才安全呢！

风，你走吧！需要你的时候
你再来，好吗？
风答："不行"和"可以"
选哪个就在那儿打对钩。

2007年5月25日

你走了吗?

你——, 走了吗, B.H.,
如果你走了,
你会将把我整个心带走! 你会吗?

你——, 走了吗, S.W.,
如果你走了,
你会把我那快乐带走一份! 你会吗?

你——, 走了吗, L.J.Q.,
如果你走了,
谢谢你, 你把我的忧伤带走一份! 你会吗?

你——, 走了吗? W.Z.Q.,
如果你走了, 你会把你的口气全部带走。

你——, 走了吗? D.J.H.,
如果你走了,
请你回来一次, 把 W.Z.Y. 带走。

你走了吗,
W.Z.Y.,
如果你走了,
请你继续往前行,
那么, 就没人和我
争 "B.H." 了!

W.Z.Y.，请你现在就走！

现在，就现在！

请你和 D.J.H. 私奔吧！

2007年5月31日

亲爱的同学们，馈赠我最初成长之喜乐哀愁的人呵，你们还记得小寒吗？

我想要一个健康的身体

我想要一个健康的身体
可是，我抵抗力没有那么强
力气没有那么大
只能当一只弱小的蚂蚁
我的生活是多么痛苦
我的身体是多么脆弱

有时，晚上做梦
梦见自己的病好了
不再像以前那么衰弱了
不再是一只弱小的蚂蚁了
脆弱的心灵消失了
坚强无比的心灵来临了

我根本不相信我的病会好起来
同时，我又相信我的病会好起来
我昨晚吐了，今晚好了
你们不必担心了
你们担心也好，不担心也罢
总之，我有了自信心
我相信我的病会好起来的！

我想要一个健康的身体
我会多吃，多睡，多锻炼
我相信，
我一定会有一个健康的身体！

2007年6月1日

可怜的我

可怜的我
每天中午就去输液
每天下午上不了学
天天如此
在科学书上
说世界是一个变化着的世界
可是
我的世界并不是一个变化着的世界

可怜的我
去社区门诊输液
身上沾满了草药味儿
让人闻着都恶心
可是我并不这么想
因为这是病魔害的我

可怜的我
唯独数学课没有落下
其他的课都落下了
老天爷，公平一些好不好

为什么要这样对待我：
让我生活在这不变化的世界里，
让我生活在这草药味儿的世界里，
让我生活在这不公平的世界里。

老天爷我可以原谅你
这作怪也有病魔的一分子
不光是你自己的罪

我一定要靠自己的毅力
把病魔赶走
让可怜的我变成快乐的我！

2007年6月2日

我解放了

我解放了!
我终于解放了!
以前我就是笼中的小鸟
只能在那窄小的笼子里不知上下地飞呀飞!
可现在我自由了,我的主人把我放了。

我不再像以前一样心情那么闹,
不再像以前一样心情那么不自由,
不再像以前一样心情那么揪得慌。
从今天开始,我将是一只:
快乐的,自由的小鸟,
我从此不再是:
孤独,寂寞的小鸟了!

我有了家,
我有好漂亮的妈妈,
好健康的姥姥,
我会过得很愉快。

因为有了一切,
有了爱,就有了一切!

(我大病初愈!!!!!!!!!!!!!)

2007年6月3日

寂寞上场了

寂寞里包含着所有的……

寂寞里包含着快乐，
如果在你寂寞的时候，
你看一看漫画书，
就会觉得自己在寂寞中找到了快乐！

寂寞里包含着忧伤，
如果在你寂寞的时候
你越想那令人伤心的事情，
那忧伤会情不自禁地找你来做朋友。

寂寞里包含着勇敢，
如果在你寂寞的当儿，
突然有一条蛇靠近你，
你就会有了勇气！

在你寂寞的时候，
去找别人谈谈心，
说说话！
这样，寂寞将不会上场！
按照我的去
试试吧！

2007年7月2日

孩子们

那些孩子，有淘气的，有可爱的，有老实的，有丑陋的……
　　淘气的孩子长大要离家，
　　可爱的孩子长大要孝敬，
　　老实的孩子长大要操心，
　　丑陋的孩子长大要自豪，
　　……　……　……
8、9 岁的孩子们现在要听话，
10、11 岁的孩子们现在学着做家务，
12、13 岁的孩子们现在要暗恋，
14、15 岁的孩子们该上初中了！
16、17 岁的孩子们该上高中了！
18、19 岁的孩子们该上大学了！
20、21 岁的大人们该上博士学院了！
22、23 岁的大人们该谈恋爱了！
……　……　……
89 岁的老太太该去天堂了！

2007年7月8日

雨后散步

雨后散步，雨后散步，谁喜欢雨后散步？
乌龟喜欢、蛇喜欢、蛤蟆喜欢、青蛙喜欢！
孩子们也喜欢！

雨后散步，
偶尔会看见天空上的一道道彩虹！
雨后散步，
也许会把人滑倒！
"打 120！"

雨后散步，
也许会把新鲜的空气吸进，
但偶尔也会把它呼出！

雨后散步，
也许有人会在这时说悄悄话，
也许也会生气地打人！

雨后散步有很多事情要干！
如果在雨中时，停了电，在雨后就
用不着雨中散步，也许会变成
"雨中作业""雨中脾气""雨中打人"
最好的，是"雨中游戏"。

雨后散步，我和琨姐还有瞳姐①一起在雨后
慢慢地走，我们神不知，鬼不觉，已经走
到了家！
我们在走的时候，好像比旅游还漫长！

2007年7月8日

---

① 我在河北徐水综合高中家属院里生活的几年中，有两个姐姐：张琨和李瞳。

昨天和今天

昨天，昨天的太阳出来了，是多么明亮而清晰！
而今天，今天的太阳没出来，是多么寂静而暗淡！

昨天，昨天我的朋友们玩得多开心，
而今天，今天我的朋友们玩得多不友好！

昨天，昨天我过得多愉快，
而今天，今天我过得多痛苦！

昨天，昨天的月亮多明亮，
而今天，今天的月亮没现身。

昨天，昨天的花儿多茂盛，
而今天，今天的花儿多枯萎！

昨天，昨天的爱情多美好，
而今天，今天的爱情"抛弃了我！"

抛弃了我

2007年7月12日

"孤独"就会不"自由"

如果你在孤独的时候，
最好要远离家长，
因为，在那时，
是家长们偷①机取巧
最好的时机。

他们会说：
"孩子，待着好吗，要不
看会儿书，写会儿作业……"

如果你不听话，
家长会发火！
所以，你最好
提前联系朋友，那样，
就出去时间早，
就会得到自由，
失去不自由！

按照我的试一试，
如果可以，
一定要经常用这个办法哟！

一定要"得到自由"，
失去"不自由！"

2007年7月18日

---

① 注意，家长是小偷，专门偷"自由"！

转圈

转圈仿佛飞了起来！
如果，你不用力，
那你会找不到飞的感觉！
如果，你用力，
那你会找到比飞还要好的感觉！

转圈，会觉得脚下空空的，
有一些飘飘然的下坠感！

转圈，仿佛是在跳舞，
在寂静的黑夜里；
在绿绿的草坪里；
在纯真的爱情里！

2007年7月22日

爱情　友谊　精彩的夜晚

爱情

爱情，仿佛世间的一个小灯泡。

它正在为你喜欢的人，照亮了路，

如果，

你和他结束，

那么，

灯泡也将熄灭。

友谊

友谊，仿佛是一个碗，

一个普普通通的碗，

我如果一旦打碎它，

那么，

我的友谊会像玻璃一样，

玻璃不能重合，

那么，

友谊也不可能再回来。

精彩的夜晚

精彩的夜晚，我们在那一个晚上，

很开心，很开心，

可是，

正在开心的时候，

我们听见天上的人，

很嫉妒我们，

就给我们打了几个雷，
下了一场很大很大的雨。

爱情、友谊、精彩的夜晚都被天给害的，
（为什么要让灯熄灭，为什么要让碗打碎，为什么要下雨）
都是因为天！

为什么！
为什么这么不公平！

2007年8月8日

多少相互说的话——

就凭一朵普通的花，
它里面藏着多少的话。

就凭一个普通的碗，
它里面有着多少故事。

那一朵花里藏着我想说的话，
那一个碗里有着你对我的爱——！
这朵花，从来没有人碰过它，
这个碗，从来没有人想起它——！

多少话，多少天，多少字，多少
爱！多少相互说的话……！

2007年8月13日①

---

① 因为我要去江苏，……这次是：灯快熄灭了，碗快掉下去了，我知道，因为我刚一上到
江苏的路上，什么都没了。妈妈说，你也可以有新的灯和新的碗，可我是想念那些熄灭
的灯和摔碎的碗！我相信有一天，我会给那熄灭的灯充好电，会把掉在地上的碗粘起
来！我回来了，我的一切都回来了！……

——摘自同一天的日记

爱情种,为什么要落在"我"的身上

　　一定是有一天,有一天,在天上的一个隐形爱神,她看见"我"深深地爱着一个男孩儿,把爱情种偏偏洒在了我的大脑里,我的心里,我的情种包里……

　　我在这儿编了一首歌,我想写出来!

如果你不珍惜现在的每一天,
如果你不想,独自和我谈话。
如果你不想,在黑暗中看见我。
如果你不想,珍惜现在的我——!
如果有一天,你回忆起了,
如果有一天,你想通了。
就在那时候,
你想见我也见不到我,
因为我已经离你飘扬而去——!

就在那一天,你很心痛,
就在那一天,你很自卑。
就在那一天,你离家出走,
就在那一天,你去找寻我。
就在那时候,我们相遇,
可是对方,互不相识——!
也许那时,我已有了男朋友,
也许那时,你已有了女朋友……!
我的名字,你记不起,
你的长相,我很熟悉。
可惜得是,我认不出来,

想问你的名字，却说不出口！——
就这样面对面的，
肩对肩的，
走了，走了，向不同的方向走了！
就这样，擦肩而过，互不相识——！

2007年8月21日

雨

雨，我只想看着你悄悄地下，
　　让孤儿们，感到家的温暖！

雨，我只想看着你悄悄地走！
　　让孩子们有玩的时间。

雨，我只想看着你静静地下，
　　让我感觉这种雨水的珍贵。

雨，我想让你下得更猛烈些吧！
　　把山下出泥石流……
　　用雷劈死谈朋友的人！
雨，把世间的爱冲走了！

2007年8月26日

再见了,朋友

朋友,也许咱们再也不会联系,
也许咱们再也不会在一起玩……
因为我知道,没有了联系就无法玩;
无法玩儿我就失去了快乐;
没有了快乐就是一个孤单的小孩,孤独的小孩!
到了江苏,不再会有像王紫叶、周晨雨、葛星辰、刘一樊、楚梦钰、高绘瑾、
王佳琪…………
她们这些好朋友,我很舍不得我那中队长的滋味我还没过完呢!

我想我这么一走,王紫叶就没有了我,我上操经常站的位置。
我想,我走得太突然了,很多的同学都适应不了,
我的同桌,白海不会有我这个同学了,他的新同桌,很有可能
是史书伟,因为班里偏多出一个他来,现在,我走了
班里64人,正好能除以2,那么那个桌子会出来的!

再见了朋友们,
8月27号,你们将永远看不见我,只能
看着我的桌子,我的椅子,和我触摸过的所有东西
但是,现实的我,
是一片空白!

再见了,朋友们!
也许,二十年后,我们
才会聚会!

2007年8月27日

妈妈,您真伟大

来到这里几天,妈妈又是干家务又是上课,又找出时间接送我,我真想写一首诗!

妈妈,您是天上的月亮,我是地下的一只小田鼠,
只要您看见有猫头鹰在捉我,您就放暗月光,
那样我会有躲身之处!

妈妈,您是明亮的太阳,让别人温暖,
照暖大地,让小草茁壮地成长!让大树
变成参天大树! ……

妈妈,您是辛勤的园丁,
给我洗脸,梳理头发!

妈妈,您是一根蜡烛
如果家里没电了,您情愿燃烧自己,
也要照亮别人

妈妈,您真伟大,
上学去给我报名……

妈妈,您就像一座大山,
而我是山里的小房子,
您不会有滑坡出现,
更没有这样的泥石流……

妈妈，您真伟大！

后记：
今天下午，妈妈去学校给我报名了，
3号就要去上学，我还见了妈妈的朋友，叫彩桦，
她长得很漂亮，
不过没有妈妈漂亮！

2007年9月2日①

---

① 此时，我跟随妈妈，离开了河北徐水，来到了江苏张家港。

我依然想作一首诗

今天，天空依然是蔚蓝的，
大地依然是淡黄的。
世间万物依然没有什么变化！

我依然想作一首诗

灯依然是亮着的，天依然是黑着的。
灯依然是关着的，天，亮了！

广场依然是礼炮轰鸣的，广场人群依然是人山人海的。
广场依然是安静的，炮不放了。人，回家了。

晚上虫子依然是往屋里爬的，人们依然是在打虫子的。
天依然是亮着的，虫子，死了！

风依然是吹着的，人们依然凉快的。
风依然是带着尾气味的，环境，污染了！

人们，依然是清醒，没有一个糊涂的。
人们，依然是这样的，没有变化了！

地球依然在转的，人们依然是活着的。
世界依然没有变化，但是人们依然会一天比一天衰老。

2007年10月5日星期五

妈咪，你快乐吗

妈妈，我不知道你一天在学校快不快乐！
我真希望，优盘是你发明的，这样你就会很快乐，
因为你为人类提供了方便，人们都很崇敬你，
你会过得很快乐！

我真希望你的女儿期末期中考试都是 100 分，
一到放假就拿回来一大堆奖状，很听妈妈的话。
那么，我得到别人的赞扬和妈妈的微笑，
我想，妈妈会过得很高兴！

妈妈，我真希望你的学生都很听话，
并且作业认真完成，
考试不及格的同学少一些，
优秀的同学多一些。
您的操心少一些！
我想，妈妈会很高兴！

我真希望，妈妈您的工资多一些，每月 10 万块钱。
并且您被评为张家港的特级教师，
所以校长奖励 20 万块钱！
那样，妈妈一定被钱围在里面！

我想妈妈会高兴的！

2007年10月10日

我心里仍是一片黑暗，我想写一首诗。

妈妈，我再次告诉你，我不是偷懒儿，只是我看着黑黑的天空就可以感觉到我的脑子里是一片空白！

我对诗的兴趣很大。

我的题目是：

二十年以后的回忆

如果在二十年以后我长大成人之后，会坐火车到徐水看一下我的家，和我的朋友！

我会去看我的姥姥，等候我多时的姥姥！

为我烧好饭的姥姥，等着我头发都白的姥姥！

我去看我的爸爸，还在当着校长的爸爸，头发已苍白的爸爸！

二十年后……

二十年后，我望着黑黑的天空，不禁想起来那老师同学的笑脸，

那漆黑的天空是不是世界的末日！

难道老天不能让我多看一会儿！

多看我的亲人吗

天塌了下来 轰……

看着天空，看着亮灯，看着流浪狗，看着鲜艳的花朵，看着劳累的亲人！

我觉得自己很羞愧！

我让大人们为我操心了！我真想好好的照护一下妈妈、姥姥、姥爷！

我心里很不愉快！我心里很压抑！就像有五亿座山全部长在我身上了！

心里很不愉快！我的心就像天一样黑暗！

这个城市不见星星，只见灯光，唉，太富裕了！

我很渴望看见星星，或是明亮的月亮！

可是只能看见一片漆黑，就像看见我的心脏一样！

2007年10月18日

但是大人

我们的爸爸妈妈经常对我们说，不要说谎话，要诚实

　　　不要玩游戏，不健康

　　　不要上网聊天，不宜

　　　不要走神，　不好

　　　不要忘记什么，不是个好习惯

　　　不要忘记带作业……　……

　　　……　……　……

总之大人都对小孩子说好多好多！并且说的都是不好！

　　　但是大人……

爸爸对我说不要说谎言，但是大人们时刻都在说谎话

妈妈对我说干什么事都快点儿，但是大人们总是慢吞吞

爸爸对我说要把脸洗干净，但是大人们的脸是脏脏的

妈妈对我说上课别走神，但是大人们干事情开会总是要走神

爸爸对我说上课不要搞小动作，但是大人们听课的时候都在搞小动作

妈妈对我说要把字写好看，但是大人们的字是歪七扭八

老师对我说她喜欢乖巧的孩子，但是我不喜欢做个乖孩子。

但是，但是，为什么小孩子把一切做好之后大人们都没做好？

2007年11月7日

写在妈妈出差之后

妈妈离开我之后，
我每晚都要默默地流泪。

离开了妈妈，就离开了妈妈的怀抱。
妈妈就算笑，我也看不见

离开了妈妈，就离开了温暖的家，
就是家再温暖，也没有妈妈的怀抱好

离开了妈妈，就像一只流浪狗，
没人管，没人爱，
就是有人收留了我，
也没有妈妈在身边好

离开了妈妈，就像被人践踏的小草，
就算有人把我扶起
也没有妈妈的关心
更好！

妈妈您何时回来

2007年12月23日

太棒了,妈妈今天回来了[①]

妈妈回来,是令我高兴的事,妈妈走了,是令人伤心的事。
妈妈回来,还是和往常那么年轻,一点都不苍老
妈妈回来,我相信我每晚都会快乐地度过。
妈妈回来,我仿佛找到了温暖的家,
我可以在那里美美地睡上一觉,
我更可以在妈妈的怀抱里听歌曲,
听故事了!
妈妈回来,我不再是一只流浪狗,
更不再是一只令人讨厌的流浪狗,
厌恶的,脏脏的流浪狗,
我变成了一只温驯、漂亮、人见人爱的卷毛狗。
呵! 真好,感觉真好。
妈妈回来了,我不再是一棵被人践踏的小草,
而是一棵干净整洁的小草,不乱踩踏的小草。
我是让人爱护的一棵小草!
妈妈回来让我找到了家。
什么伤心不伤心,
被我从脑海里拿了下来! 真幸福!
感觉真好!

2007年12月23日

---

① 妈妈到张家港后,第一次出差南京,委托办公室小雪阿姨照看我。

2008年·10岁

在浩瀚无际的宇宙里，
有着无数的星系，
我的童年散散落落，
一会儿多，一会儿少，
一会儿快乐，
一会儿忧伤。
一会儿有趣，
一会儿无聊。
我的童年，
就是这样：
一会儿像大人，
一会儿像小孩。
——摘自《在浩瀚无际的宇宙里》

雪

雪，我请你下得更猛烈些吧！
　　我把头伸出窗外，
　　接受你的打击。

雪，我请你下得更大些吧！
　　我把树苗种出去，
　　让你给它穿上一件厚厚的衣服吧！

雪，我请你给我跳一个欢快的舞吧！
　　我会买来一块地方，
　　让你在那里受人类的欢迎！

雪呀！我求你不要融化，
我太需要你了，
你会让我想起欢乐的事情！
我会照样谢谢你！

雪，你也可以请你的妈妈来！
　　到冰造的屋子里吃点东西，
　　我们会和你一起滑冰，
　　或许我们可以陪你
　　散步，给你讲故事，
　　一起和你逛商场……

雪，你永远不要停下，
　　你永远都要下，
　　下完整个冬天！

2008年1月13日

离别是一种痛苦[1]

离别是一种痛苦
就像水杯一样，
放在桌子上，
风一吹，那杯子倒了下去，
杯离开了桌子。
这是一种离别。

离别是一种痛苦
就像你买衣服，
衣服挂在衣架上，
衣服们正在开会，
但是突然有一件衣服被拿了出去，
穿到了别人的身上，
一件衣服离开了她的伙伴。
这也是一种离别。

2008年2月18日

---

[1] 春节之后，告别姥姥姥爷和舅舅一家，跟随妈妈，返回张家港。此诗也配有插图。

一个平凡的我

一个平凡的我，
独自走在一条寂静的小路上。我看见
一棵平凡的树上，有一个平凡而又完整的家。
一个温暖的家。

一个平凡的我是多么希望有一个完整的家。
可惜，这是一个残缺的家。
但是我又不希望让妈妈再结一次婚，
这也是无可奈何之事。

一个平凡的我看着这平凡的大雨哗啦啦地下。
看到那小花被大雨滴可怜地拍打着，
我真想冲出去保护这一朵小花。

有好几次我想去保护它们，
但是大人却不把花草树木看在眼里，
阻止着我！
我后悔！我委屈！我平凡！

2008年3月13日

会飞的岩浆

在一个宁静的夜晚，
一座平常都很安静的活火山，
它突然醒了过来。

就像小鸟在它耳朵旁叫过，
在它眼上啄过一样。
火山因为觉得热，
便忍不住地喷发了出来，
就像一个小孩儿在哭，
眼泪一个劲儿地往外流，止不住。

岩浆终于自由了，它像鸟儿一样
喷飞上了蓝天，红色的岩浆
溅得到处都是。

岩浆因为不受人们的喜爱，
它退回去了，
这时它才恍然大悟，原来
人们不是要猛烈的刺激，
而是喜欢和平共处。

但愿我说的这些是真的，
我害怕世界灭亡，便说了一句名人名言：
我怕世界毁灭，我怕世界消失，
我怕我的子子孙孙，后后代代

都没有类种了。

就算那时候,也许都没有像写

四大名著这种想记载历史的人了。

2008年3月25日

妈妈请不要小看我

妈妈，请不要把我看得很渺小，
其实我强大无比，高年级男生也逃不过我的手掌。

妈妈，你每次都会把我拿去和别人比，
我会知道我有许多地方没有赶上人家，
这使我很自卑。

妈妈，你每次都要劝我和别人一比高下，
我认为我输了，
可是你来劝我的时候，我早就
失去信心，被你的痛骂和埋怨所淹没。

妈妈，你每次都喜欢让我尝试，
我知道，我去了就相当于乱花钱。

妈妈，你不要把我看得那么弱小，
我并不像一个蚊子一样弱小，
是个一巴掌就能解决的问题。

妈妈，你每次向我投来的目光，
总是冷清的，
让人感觉不自在。

妈妈，我感觉我就像
一片枯树叶一样，

不知不觉地从树枝上掉了下来，
然后无声无息地被工人扫去。

妈妈，我在你心中是何等地位？

2008年3月26日

今天下了一场雨

今天下了一场雨，
空气很新鲜，
到处都弥漫着一股幸福的味道。

我一直在想：雨好不好吃，
我好奇地伸出舌头去尝，
哦！真好吃，像冰棍小布丁一样，
真甜，像是姥姥给我批发的。

我一直托着下巴在想，雨是什么味道的，
我张开嘴的那一刹间，
我自己告诉自己，雨是幸福的。
因为她们有许许多多的朋友，
一点都不孤独，成群结队的
从天上而降，那就是雨点。

我一直看着天上的雨，
看看它是透明的，还是含有东西的，
我猜，雨可能是透明的。
让人看起来感觉舒服。
我再猜，雨一定是丰满的，
里面除了细菌，一定还有
它所经历过的战友，
（也就是要落下来的时候，把它们
救了上来，可是还要降临到人间！）

就算在死的时候，它们的脑海里
一定会出现它们的战友。

雨长得是那么美，
像姑娘一样苗条！
雨，我爱你。

2008年4月20日

爱情是什么样子的

我想，爱情就像一罐罐蜂蜜，
让人度过甜蜜蜜的生活。

我想，爱情就像一杯杯纯净的水，
让人感觉度过了干净的一生。

爱情，就像一束束鲜花，
让人感觉度过了清香的一生；
爱情就像一片汪洋大海，
让人感觉爱情是永无止境的。

爱情就像快乐的小孩，让我们
度过这欢乐的一生！

爱情，永无止境！
啊！LOVE 爱

2008年4月29日

如果我

如果我刚生下来就很聪明，
就很懂事，就会走路，
那妈妈一定会很高兴。

可是，我刚生下来就很笨，
就很顽皮，就不会走路，
就会哭，
我并没有看见妈妈的一滴眼泪，
也许，每个小孩子生下来就是这个样儿！

如果我是非常优秀的学生，
我在班里当上了班长，
我在学校里当上了学生会委员，
大队委，……
我想，妈妈会很高兴。

可是我不是班里非常优秀的学生，
我也没在班里当上班长，
我也没在学校里当上学生会委员，
更没当上大队委……
但是，妈妈却没有丝毫怨言。

如果我现在长大了，
我现在有钱了，
我现在住的高级楼房，

穿的衣服价格都很贵，
妈妈一定会很自豪。
可是我现在没长大，
我也没有那么多的钱，
我也没住高级楼房，
我穿的衣服和别人的
没什么两样。

可是，我也没见到妈妈一丁点儿的
伤感！

2008年5月10日

看，天上的那片云①

小船儿，飘荡在水中，
微风儿，轻轻地抚摸着我们的脸颊，
它们悄悄地靠近耳朵，告诉我们，
看，天上的那片云。

啊，多美的云儿。
看，调皮的它穿梭在云群之间：
它一会儿跑到那片云那里玩儿一玩儿拍手游戏，
一会儿又跑到这里跳跳舞。

小花儿，被微风轻轻地吹着，
小草儿，被甲虫慢慢地摇动着，
它们轻轻地勾住你的衣袖，
在上面写出一行字：
看，天上的那片云！

啊，多白的云儿，
看，文静的云儿在吃饭，
哦，看它吃得多么文雅，
哦，看它长得多么秀气。
我好像突然爱上了它！

松树的脑袋越长越尖，
樟树的枝叶更加茂密，

---

① 这首诗写于汶川地震之后，写给灾区的朋友。

它们想告诉你：
看，天上的那片云！

它是片善良的云，
它飞到灾区，把好心人的语言
送给这些受难的人。
它把好东西从天上扔下去：
"愿四川人们吃得饱，睡得足，穿得好！"
——这是白云在袋子上写的话。

看，天上的那片云！

你会永远幸福。

2008年5月30日

致姥姥

童年，就在窗外，像泪水一样，点点地
落下来。
我已经长大了，却总想着玩儿！

姥姥对我早就没信心了，
这我知道，因为我贪玩，
说了我一次我不改，
又说我一次我还不改，
所以我姥姥慢慢地，
渐渐地，对我没信心了。
姥姥对我没信心没关系，
我对自己还有信心。

要改正错误总要时间，
有谁能看到错误马上就
改正呢？
　　总是要改正的。
就像我写英语单词一样，
错了，我改。
但是需要时间。

姥姥，您说的那一句话，
伤了我的自信心 and 自尊心！

姥姥，你想让我变成快乐的人吗？

如果想，应该让我感到学习是件快乐的事。

我承认我的确想回到小时候，可是
这不可能了，
想想我小时候，
趴在炕上，不识字的小孩儿，梳头俩小辫儿，
把两条小腿一抬，多天真，多可爱呀！

现在，我是姿势端正地坐在小书桌前，
写作业，写作业……

姥姥，听我说句论语吧：
知之者，不如好之者，好之者不如乐之者！

2008年8月9日

离别

那一晚，我哭了，因为，
我不想走。

秋风萧瑟，吹得人心寒。
我面对着枯黄的树叶，
惆怅的心，让我肝胆俱裂。

好朋友，我走了，
不久，我就要与你们离别了。
我的心愿，最终没有实现。
我希望你们到江苏去和我一起做伴。
那里，你们会沐浴着温暖的阳光，
花儿欣欣向荣，秋风凉爽……

今天，我走了，茂密的树木
在向我招手致意。

好朋友，你们不去，没有人和我在一起
快乐的玩耍，我会很孤独，郁闷！
那里有美丽的蝴蝶
在花丛中飞舞，
阳光灿烂。
可能，我们再相聚时，那就是明年了。

洁白的大雪纷纷落地时，我

会回来的。一定。

成千上万朵五彩缤纷的花儿，露出了一副副天真可爱的
笑脸。时不我待，我马上就要走了。
我们每个人脸上都很忧伤，
我泪如雨下，对你们说："再见了，
好朋友，明年见！"
我的歌声，在竹林中悠扬！

2008年8月14日

我们都笑着

　　我跟张雯晶玩儿打羽毛球，总想生气，因为她打得太歪了。我总是接不到，每次都要我捡球、捡球、捡球……累得我满头大汗，所以我想对她生气。可是又想起妈妈的话，有时是需要忍耐的。

　　我就忍着，然后满面笑容对她说，下次注意。

　　我就一直笑着，慢慢地，我觉得笑着真好，这样一来，一举两得，我喜欢笑了，张雯晶打得也准了一点儿点儿了。

我们都笑着，似乎就可以多一点忍耐，
　　留给对方多一点儿时间改正。
我们都笑，好像可以让自己更快乐，
也可以让别人变得爱笑。

我们都笑着，似乎可以交上许多朋友，
或者，彼此多一些交流。
我们都笑，好像可以让自己不孤独，
让欢乐的笑声，从此成为你欢乐的朋友！

我们都笑着，真的（或：千真万确）可以把
自己改变很多很多，
从坏变到好，
从好变到很好，
从很好变成最好。

相信这一个小小的笑 *v*

2008年8月27日

在浩瀚无际的宇宙里

在浩瀚无际的宇宙里，
有着无数的星系，
我的童年散散落落，
一会儿多，一会儿少，
一会儿快乐，
一会儿忧伤。
一会儿有趣，
一会儿无聊。
我的童年，
就是这样：
一会儿像大人，
一会儿像小孩。

大人说小孩儿会用一些
这样的字：讨厌，烦，笨。
然后举例和别人比较，
看看自己怎么样，
然后开始骂小孩儿。
唉！大人都这样。
骂小孩的时候，
我觉得这骂的语言，
像一片永无止境的
沙漠，直到我下了几滴眼泪
之后，沙漠上才有了一丝
生活的希望。

2008年9月12日

蚊子

　　你成天嗡嗡叫，
　　真叫人心烦。
你刚出生来，
一眼看到我，
我想拍死你，
你却认为我是
在为你鼓掌。

妈妈，你看看我再写一首，两个哪个好：

你真是一个顽皮的小孩，
和你第一次见面时，
你在我面前欢快地飞舞着，
我伸手要拍你，
你却以为我在为你鼓掌，
夜间，我睡得香甜，
你不但在我的耳边大声歌唱，
还偷偷亲吻我的脸，
送给了我一个红红的大嘴印！
讨厌的蚊子！

2008年9月21日

发呆歌

赵老师经常对那些发呆的同学生气，因此，我编了一首歌：

秋风秋风吹吹，
树叶树叶飞飞，
我追呀追呀追呀追。

风筝风筝飞飞，
黄沙黄沙飞飞，
我追呀追呀追呀追。
老师叫我别发呆，
小心上课：流口水！

2008年9月22日

妈妈，我对您有许多不满

妈妈，我对您有许多不满。
刚刚就发生在……
我发了一个表情，在之前我并没有看过，
随手一点，就发了出去。
可是您为了自己的名义，便骂我。如果
换个角度，你是我的话，你一定认为
我冤枉了你……

妈妈，我对您有许多不满，
有时，从步行街回来，你手上的东西
又多又重，我的东西却像羽毛一样轻，
一样小，我向您要东西，
您却生气了……

妈妈，我对您有许多不满，
晚上睡觉时，我冷，我才会去挤你，
我孤独，我才会去挤你，
我没有安全感，我才会去挤你……

妈妈，虽然这对您来说是
微不足道的，但是，却深深埋在了
我的心底里。

2008年11月21日

早晨

一个宁静的早晨，太阳鸟叫醒了我。
我无法再次入睡，我喜欢这个早晨。

一个宁静的早晨，雏菊轻轻地绽放了。
香气飞进了我的鼻孔，我喜欢这股迷人的香味。

一个宁静的早晨，使我无法入睡，
厕所在滴水，让我产生了一种恐惧！

一个宁静的早晨，我坐在公园的椅子上，
看着一本书，里面记载着成千上万
男男女女的爱情故事。

一个宁静的早晨，我躺在床上，
呆呆地望着天花板，不知道该干什么，
便让时间一分一秒地流逝过去。

一个宁静的早晨，我坐在书桌前，
托着下巴，安静地看着窗外，
似乎等着外面天上掉馅饼⋯⋯

一个宁静的早晨，我坐在椅子上，
安静地坐着，一声不吭地坐着，
我似乎进入了我的心，我也不知道。

啊！一个宁静的早晨⋯⋯

2008 年 11 月 23 日

献给地震中孩子已经死去的母亲

妈妈，我走了，
但是我在之前把鲜花留给了你，
你看那漂亮的鲜花，
多像我那红扑扑的脸庞呀！

妈妈，我走了，
但是我在之前，留下了鲜花，
你看那鲜亮的花朵，
多像我那乌黑的头发呀！

妈妈，我走了，
但是我在这之前，留下了鲜花，
你看它们长得多么苗壮，
因为你给了我苗壮的身躯。
哦！我亲爱的妈妈！

妈妈，我走了，
但是我在这之前，留下了鲜花，
你看那里的花——
——百花齐放，
就像我的生命活了一样……
哦，我亲爱的妈妈！

2008年11月25日

井水很清很静

井水很清很静
天上的星星，
全都映了进去。
我的心也如此的
清净。

大海很宽很大
睁眼望去，
一眼望不到边！
此时此刻，
我的心胸也变得同样
宽大。

我们的眼睛又明又亮，
里面闪烁着智慧的光芒，
里面闪耀着智慧的结晶，
在此，
我的眼睛也变得
是那么的美好！

2008年12月2日

作为一个优等生

优等生的烦恼比差生的烦恼多得多。
一到考试时，
万一优等生考得没差生好，
他们又该起哄。

优等生有优等生的烦恼，
老师让优等生和差生坐在一起，
教他写作业。

作为一个优等生
虽然有良好的待遇，
但是老师那里有些事干不完，
会拖我们来完成。

作为一个优等生，
有许多烦恼。

谁让我，
作为一个优等生！

2008年12月11日

我是一个隐身人

每当看到长辈
我没向他们问好，
妈妈便说：
"见到长辈不知道问好，
没有嘴呀！"

每当一道应用题
妈妈给我讲了好几遍，
我还是记不住
妈妈便说：
"你有没有用心听，
没有脑子呀！"

每当我在太吵时
听不见妈妈
对我讲的话，
我再问一遍，
妈妈会说：
"你听不见，
没有长耳朵呀！"

我有时身上东西太重了，
我叫妈妈帮忙
拎一下，便说：
"自己没长手呀！"

反正，什么都没有

我是一个隐身人！

2008年12月20日

2009年 · 11岁

世界有时候安静得可怕。
那时，一种特殊的力量从黑暗的各个角落汇集起来，
向着光明出发，战斗。

这正是在我心坎儿最深处的邪气：
骄傲、胆小……
全都汇集了起来，向着
纯洁、善良、谦虚、大方……进攻！
当它们打成平手的时候，
我开始学会了犹豫……
——摘自《世界总是这么可怕》

寂寞、孤独、无助

人，总会有变得孤独的时候。

难道？当你看到一个女孩儿，
正在一个角落里伤心哭泣，
你没有想过去安慰她？

我很孤独，很想让妈妈到孤儿院里去领养，
可是国家不允许，
有了儿女，还领养一个。

我太孤独了。
天天都以自行车为伴，骑着它
在这个操场上转悠，无聊呀！
想骑车出去玩，又不能保证安全！

人总有变得孤独的时候。

难道，你看到一棵树站在一片沙漠之中，
你认为它不寂寞？不孤独？
难道，你看到一只小小的蚂蚁
在一片草地上来回穿梭，
你不觉得它无助？

树，它寂寞，它孤独。
蚂蚁，它无助，无助……

无论是什么，都会寂寞……
寂寞是可怕的怪物，
要把寂寞的人吞食掉。

你看，天上的一轮明月，
难道，它就不会孤独？
你看，早上的太阳，
难道，它就不会感到无助？
？？？？？？
有没有思考，有没有答案？？？
谁都会感到孤独。

毕竟，只有你一人，
一人在风中站立着，
尽管微风抚摸着你的脸庞，
但是，仍感寂寞、孤独和无助。
只好低头玩弄一些小石子，
摆弄摆弄蚂蚁，
骑骑车子，
但是，仍深感孤独。

唉！孤独是无法阻挡的。
有时，你不请——自来！！！

    寂寞 / 孤独 / 无助
  寂寞 / 孤独 / 无助
寂寞 / 孤独 / 无助

2009年5月23日

去忘记……

一个宁静的早晨，
我坐在公园的椅子上，
不知道我在干什么，
我似乎进入了我的心里，
我也不知道。

一个炎热的中午，
我似乎进入了我的心里，
我看到心脏在跳动，
我的心脏好像在抖什么东西，
原来，是一滴眼泪。

一个美丽的黄昏，
我自从看到那滴眼泪起，
我感到心池里总有水在
往下滴的声音。
我不敢去想。我什么也不知道！！！
我又去看了一次，只剩下一池的泪水。
有谁来过吗？？？
我什么也不知道！！！

2009年5月24日

世界总是这么可怕

世界总是这么可怕。

一个人的一生，
就像是在演一部电视剧一样。
喜怒哀乐，
比人家组织拍的电视剧精彩多了。

有时，我会产生这样的想法：
如果真的在拍，
我愿意用我的所有积蓄换回我所有在学习上做的不妥的地方，
STOP！重新来拍这部电视剧。
只可惜，这一切只是我的……

世界有时候安静得可怕。
那时，一种特殊的力量从黑暗的各个角落汇集起来，
向着光明出发，战斗。

这正是在我心坎儿最深处的邪气：
骄傲、胆小……
全都汇集了起来，向着
纯洁、善良、谦虚、大方……进攻！
当它们打成平手的时候，
我开始学会了犹豫……

一切都是这么地突然，

世界总是这么可怕。

好好想想吧！哈！

哇咔咔！ GOODBYE!

2009年5月25日

一切都结束了①

一切都结束了，
我可以像小鸟一样
——一样在天空中飞翔

一切都结束了，
我可以像小兔儿一样
——一样在树丛中乱蹦乱跳

一切都结束了，结束了
我终于可以无拘无束，
——无拘无束地干任何事，
我知道了一件事：我自由啦！！！！！！

2009年6月25日

---

① 此诗写于期末考试之后

我知道你喜欢我

我知道你喜欢我，
但是你能不能像他一样
多点帅气，多点酷。

当我和别的男生交谈时，
我偷偷瞄到了你那充满
醋意的脸。
当我离你很远，
你却从没有察觉到我。

那天你出人意料的举动
让我如此地心痛不已，
你那若无其事的微笑
让我胡思乱想头脑过热。

也许这是喜欢的前提，
but，我 don't know！

2009 年 7 月 2 日

照相

LOOK！在那月季花旁，
有一个小姑娘，
她把鼻子凑近花瓣，
照了一个相！

NOW！在那片花丛里，
有一个大姑娘，
她身旁的那些花儿
一朵比一朵芬芳！

　　有一个姑娘，
　　她躲在树旁，
　　陪着花朵照了一个相～
　　你看：婀娜多姿的她
　　像花儿一样漂亮！

2009年8月16日

118

种子

春天的种子
是绿色的
显得清纯，悠静

夏天的种子
是红色的
显得热烈，红火

秋天的种子
是金黄色的
显得丰收多，快乐

冬天的种子
是洁白色的
显得纯洁，干净

春天的种子送给大地
让种子快快发芽

夏天的种子送给小溪
让种子在水里洗个干净澡

秋天的种子送给田地
让种子体会人们的辛勤

冬天的种子就送给我吧
不要让种子在外面受冻
就让它也冬眠
睡在花盆里

2009年8月17日

姥姥[1]

姥姥，
我不想离开你，
你知道的。
我喜欢闻你身上
熟悉的气息。

姥姥，
我不想离开你，
你知道的。
我喜欢躺在你
温暖的怀抱里。

姥姥，
我一闭眼，
就想哭。
你知道的，
在新乡村我最舍不得的
就是你了！

姥姥，
只有你对我最好，
我要什么你就弄什么，
啊！姥姥！

---

[1] 写于暑假结束前，又要从家乡返回张家港。

姥姥，
你是世界上最好的人
总是默默无闻地为
家人做出贡献！

姥姥，
你的白头发，是为了
我而长出来的，
你的皱纹也是为了我而
长出来的！

啊！姥姥，我爱您！
永远永远。

2009年8月24日

又有男生喜欢我(但我不喜欢他)

中午,他和我的同桌传纸条
当我同桌看到那张纸条时
表情很惊讶,接着开始笑
一直笑到流泪
看着他一边笑一边哭
我也对他无可奈何……
接着,他一边笑,一边哭着
把那张他们写上字的纸条
——撕成了碎片扔进了垃圾桶。

再后来,
同桌在第三节音乐课快下课的
时候,突然告诉我
他喜欢我

我用不敢相信的目光往
他的座位上望去
他似乎知道了:
我知道他喜欢我
便做了一个可笑的动作
双手捂住脸害羞了
我被这一举动
逗笑了。

妈妈说:喜欢你的男生越多

说明你优秀……
总之——喜欢我的男生当中
我一个也看不上眼

优秀的
有
　　但是
　　我不喜欢

那么
　　就让喜欢我的人
　　去激烈地竞争吧
　　让他们去喜欢吧
　　我只喜欢学习
哈哈！让他们去战斗吧！

2009年10月19日

看！今天的天空

没有深邃的蓝天
　　更没有凝滞的云团
到处都是灰蒙一片
　　天空中飘着小雨
这种雨是丝绸雨
　　是把丝绸从天上撒下来的感觉。
　　但天气出奇的冷！
以至使人感觉在北极
毛衣穿了好几件
还套了件大衣
但——还是冷
冷
　　　太冷
　　　无法形容的冷……

狂风在耳边刮着
　　你的痛苦和欢乐
　　现实和梦幻
　　摆脱和追求
都在狂风中交织、旋转、凝聚
　　升华……
乱成了茫茫一片……

2009年11月14日

冬雨

撑着一把粉色的伞
穿着一件粉色的服
在狂风的呼啸中穿梭
暴雨打湿了我的衣裳
豆大的雨点儿冲在脸上
如刀割一样……

狂风喜欢做游戏
不时跟你转风向
由此雨也下大了

我在风雨中——
艰难地前进着
时不时吸吸鼻涕
太冷，没空擦
到校时晚了！

但我已经成了落汤鸡……

好冷
　　一下课我们都缩着脖子
　　缩着手
　　缩着脚
　　哪里都缩着呐

2009年11月16日

流逝

又是一个星期中的第二天了。

时间是虾米东东？
是魔术师吗？
要不时针走一圈
就把一天变没了？
它在同一个地方流逝吗？

我想在每一个美丽的泡泡里装一个我
随着泡泡一起旅游
我就可以看到外面精彩的世界了

用圈圈套住星星月亮
可是用圈圈能套住时间吗？
因为我不想长大！

我有时很怀疑
我一天天长大
是在做游戏吗？
不敢用眼睛去看现实
这是真的吗？
迷茫～

2009年12月15日

当

当无话可说的时候
落叶凋谢了

当欲言又止的时候
雪花飘落了

当落叶凋谢的时候
无话可说了

当雪花飘落的时候
欲言又止了

当呼噜打起的时候
我已睡着了

2009年12月20日

刻舟求剑

我把影子画下了
这样它就不会跟着我了
可妈妈说我这是
"刻舟求剑"

阁楼上的光
一直亮着
听姐姐说
里面住着一个残疾人
她一直努力学习
不知道是真的还是假的
我却一直发奋努力着学习
我现在所做的一切
都是为了明年的
毕业考!

2009年12月21日

2010年·12岁

趴在窗前,望着天空的飘云
似乎,那一刻,有泪水滑过
窗帘的裙摆仍在拂动
街上仍是来去匆匆的车辆
有谁会看,自己走过的路
——摘自《妙不可言》

拾忆

拾起 09 年最后一束皎洁的月光
路上，人清
天上，月冰
远望过去，我隐约望到了过去

月，孤零零地挂在天上
它升在那儿
像往常一样，在那个属于它的角落
等着黎明的到来

月光，冷冰冰的
夜，冷清清的
思念像病情一样
蔓延了我整个
思绪
我思念着远方的亲人——
望着这轮明月……
唉！

度日如年

2010年1月8日

踏入未来

眼里噙着泪水
依依不舍地和他们站在路旁
每个人都像受了伤的小鸟
缩卷在路边受伤地舔着
自己的羽毛

小学生涯结束了
我们都飞向属于自己
的那片天空
同窗毕竟六年
分别毕竟不是滋味

每个人都咧着比哭
还要难看的笑容
泪不听话地流下了

拭去眼角的泪水
对着相机笑时
泪又流下了
边哭边笑——
成了小学生涯最后的
镜头。

2010年1月9日

垃圾桶边De礼物

它是他送给我的生日礼物
我给他面子
打开了盒子——是条围巾
再一看，好土气哟……
去给老奶奶戴还差不多
我不领他的那份情
所以它躺在垃圾桶旁。

它是他送给我的生日礼物
我出于好奇
打开了盒子——是条围巾
样式是黑白方格的
不好看！
他审美观忒差！颜色我讨厌！
样式更讨厌！
所以它静躺在垃圾桶边。

它是他送给我的生日礼物
出于人性
打开了盒子——是条围巾
再一看，说不上一点儿好看的地方
再经过包包 and 匡匡①的双手
双脚赞成
所以它现在躺在垃圾桶的一旁

---

① 包包，匡匡，当时我的好朋友。

我永远不会领他的情
让他有一天明白
我永远不会喜欢上他
不要再白费心血，浪费光阴……
总有一天会的！

2010年1月12日

隐约

对于以前的记忆，
我感到很模糊。
就像一块蒙上雾的镜子，
想去把它擦清楚，
可却越擦越模糊。
——题记

隐约记起，
我一边吃包子，
妈妈一边站在我身后给我梳头。
吃好了，上学去。
临走之前，妈妈总是对我说
一句话，但是这句话被雾蒙上了。
抹去了我的记忆。

隐约记起，
晚上我依偎在妈妈的怀里，
迷迷糊糊睡着了。
晚上刮大风，
把门吹开了，撞到了墙上。
我被吓醒了，只顾着大叫，
一头钻进了妈妈的怀里。
只是有一种奇怪的感觉，
那里才是最有安全感，
最温暖的地方。
最温馨的地方……

被雾蒙上的镜子，
有水流了下来，
一滴一滴地顺着镜子
滑了下来。

只有这种憧憬，
我记忆深刻……

2010年1月24日

马上

今天是待在张家港的倒数第二天。
哈哈
明天某个时候就该走了！
回老家！我盼望已久～～

马上就能见到亲爱的姥姥
马上姥爷就会出现在我的视野里
马上笑声就会充满我和朋友的记忆中
马上就能大口大口呼吸山中的野性
马上就能听到那熟悉的虫鸣声
马上就可以和筱伊一起嬉戏
马上就会看到姥姥慈祥的面容
马上就会尝到姥姥做的饭菜
马上、马上、马上、马上
许多马上，让我充满期待的马上！
无比兴奋的马上们～
马上就来到了！

终于可以感受到家的温馨
那种温暖又会从心底里
再次冉冉升起！
好想听到那鞭炮声！
好想再听到姥爷那声：
"放炮了啊！——！"

2010年2月2日

北方 家乡

抹去心灵上的创伤
回到了牵着我回忆的故乡
——题记

在北方不断成长的妹妹
使我回忆起曾经的岁月

那个明亮的充满爱的家乡
有我那美丽的妹妹在家乡的北方
可爱的妹妹年年在家乡等着我的归来

——在那个明亮的充满爱的家乡！

2010年2月4日

那个地方

雪，还在昨天那个地方。
冰，还在昨天那个地方。
心，还在昨天那个地方。

雪，落在土地上，瓷砖上。
冰，落在树与树之间，有水的盘子上。
心，落在树杈中，竹叶上。

雪，表面很洁白，干净，但其实很脏。
冰，表面很光滑，无瑕疵，但其实粗糙得很。
心，表面美丽，漂亮，但其实结构繁乱。

雪，太阳出来，会化掉。
冰，脚丫一踩，会破掉。
而心，却永远停留在那个地方。

2010年2月8日

不想记

我不想写日记，
他们非让我写。
我不想写数学，
他们非让我做。
我不想面对分数，
他们非让我面对现实。
我不想过这种不快乐的生活，
他们非让我过！
我不想长大，
他们非让我吃东西！
我不想学习，
他们非让我上学。

2010年2月11日

永恒

"轰"一声
点亮的孔明灯
绚丽多姿的它冉冉升起
载着我希望的它
灿烂地燃烧着
燃起了我心中之火
心中突然，明亮起来
无比通亮
眼是心灵的窗口
我……觉得刹那间
我脱胎换骨了……
无比激动
无比兴奋
满载着希望的它啊……
慢慢地……慢慢地……
它的火苗愈来愈弱
它慢慢地落下来
又坚持在生死边缘
……挣扎……
最后，谁吹了口气……
——灭了……
它的生命很短暂
可却给我带来了……
永恒的希望之光。

2010年2月16日

忽不知道

忽不知道
活着是为什么

忽想知道
我在干什么

忽意识到
我任务繁重

忽感觉到
我没往日那么简单

忽认识到
我
长
大
了

我只是长大了吗？
不是！
我在慢慢变老……

2010年3月13日

144

人,与虚伪为伴

其实,白云也虚伪
明明被污染了
为什么还要装得那么纯洁。

其实,蓝天也虚伪
明明不是湛蓝的了
却把自己打扮得亮亮的,可还掺着一丝乌黑

其实,我也虚伪
明明不想写这篇日记
但还是到此结束了。

2010年3月14日

有时候

有时候，真想放肆地大哭大笑
回到真实的自己
不想任何事都拘束着自己
这样……根本不快乐！

有时候，真想在大操场上疯狂地跑着
边跑边叫
把所有的事都从喊声中传递出来
这样……才够刺激！

有时候，真想像精神病一样发疯
叫啊、喊啊、跑啊、跳啊……
回到真实的自己
这样……至少这是自己！

有时候，真想、真想、真想
就那么、那么、放肆地
大叫一次！

其实，现在的我并不真实！
我只是想回到原来的自己
——仅此而已
        却、却、却那么难

2010年3月18日星期四

146

懒懒的光

看着太阳
想起了夏天在老家的时光

想起了知了在老槐树上
欢唱的时光

正午
姥姥在厨房炒菜
开着通向走廊的门
时而炒炒菜……时而看看我……

在暖风的陪伴下
我倚在微风的背上
用手抵挡着刺眼的光
享受着这懒懒的阳光……

走廊中
姥爷习惯性地
拿过凳子就坐
腆着大肚子……打着半瞌睡
同样倚在微风的背上
聆听它们的呢喃细语

院中
一切都那么静谧

爬虫在我脚下陪着我
一起享受幸福时光

门外
不时传来绵羊亲切的"咩咩"声
这种期待般的美好……
无法形容

正午
姥姥在厨房炒菜
开着通向走廊的门
时而炒炒菜……时而看看我……

在暖风的陪伴下
我倚在微风的背上
用手抵挡着刺眼的光
享受着这懒懒的阳光……

正午
……
……陪伴下
        ……
        懒懒的正午阳光……

PS：我很喜欢我重复的这一段。

2010年3月20日

诗两首

初夏的伤

萤火虫忽飞着
步入初夏的伤

蝉儿趴在树上悲鸣
清唱着初夏的伤

暖风拂过湖泊
抚摸着初夏的伤

蝴蝶轻点着
爱惜着初夏的伤

糖果包围着
甜蜜着初夏的伤

萤火虫旋转着
退出初夏　　的　　伤

秋末的美

蒲公英摆动着
遇见了秋末的美

花朵儿挥动双臂
欢迎秋末的美

凉风飞过
刮起一阵秋末的美

煮玉米的香飘过
荡动着秋末的美

枫叶绽放着
说它喜欢秋末的美

小东西悄悄掠过
带走了一片秋末　　的　　美

2010年4月12日

好多事,只能一次…

以前,笑得眼泪都流出来
而现在,笑,也只能笑一会儿
之后,又会恢复那种呆板的表情。

以前,趴在桌子上托着腮,
妄想当个作家,跟妈妈说过
妈妈当时笑着对我说:是在家里坐着吧！ ^ᵛ^
而现在,这种想法当我告诉妈妈时
妈妈只是淡淡一句:那就努力吧。

以前,常常可以得到妈妈的同意,
去外面玩儿,和朋友……
而现在,常常会得到妈妈的拒绝,
只能看着窗外曾经自己也这么大小的
小孩无拘无束地玩耍……

以前,受伤了,妈妈会百般呵护着我
而现在,变了,一切都变了
受伤了,妈妈只会拿过一瓶药来,
说:"你自己看着办吧,我忙着呢,没空管你。"

有些事
只能一次。

2010年4月21日

我是一个女生

我是一个女生
知道许多天文地理的女生！
道路在西塘那儿特别多，那边不错。
许多时候，这儿下雨
多长时间我也不知道。
道路还很长，慢慢走。
理由很多，没什么，说说而已。
如果你知道青蛙很可爱的话。

" , "我经常忘记加。
只有天放晴，才会 warm。
有妈妈在身边，真好！
努力吧！我不会停下来等你！
力气很大，就像大力水手。
才华很多，也很快乐。
有一堆作业，像小山。
收作业时很烦。想平凡点。
获得了一个奖状，我很开心。青蛙也是！！！
" ! "我画了许多…

至于我写的什么，自己猜。（从第一行开始竖着看）

2010年4月22日

152

月高挂在天上

月高挂在天上
周围很黑
月亮发出的光
是让我琢磨不透的
暗淡的月光
很凄很惨

凄吗？
月，光淡淡的
亮，也不过如此啊，……
还会再像从前那样吗？
能否？ **Do you know**？ …
亮，暗淡的亮光
多少次才能恢复到从前那样？
久久也不能让心平静……

？ 惨吗？
也不是，也是，I don't know …
许下诺言，可是有用吗？
没有多少次再发亮，发光了。
多种树，也没用叻……（现在）
久而久之……2012就全完了！
了结也不过如此简单！

（从第二节第二行开始的每句第一个字，你们要竖着看。）

2010年4月26日

153

SOMETIMES

Sometimes
我傻傻地
抬头望着天空
看着一片一片飘过的云彩的背后
隐藏着什么?

Sometimes
我静静地
抬头仰望星空
看着它们一闪一闪的
我也能有一天摘下来一颗吗?

Sometimes
我低头玩转魔方
总是在想
人的一生,是否像魔方一样拼来拼去
最后组成一个现在的我呢?

Sometimes
我看着湛蓝的天空中
那一丝白云
心里总是想
我还能注视它多久呢?

天
黑
了
。

2010年5月3日

154

不是因为我高兴了

最近，在日记里
很少出现"唉"这一字……
不是因为我高兴了
只是因为我伤心得、累得都不想写这个字了。

这个字不能表达我所有的伤痛！
唉！

老师总是动不动就骂我们笨啊……
总之很伤我们心的说
而且全体不管用，还单独针对一个人！
看来必须做一个脸皮厚并学习也在长进的人
不然一定输。唉！

生活在水深火热之中……

妈妈，你或许不知道，我一个人的时候
怕孤单……

2010年5月6日

我们都是寂寞的孩子

贝贝正牵着他的狗妹妹
在夕阳西下的小区里巡逻

青铜正站在大草垛上等
着葵花的归来

诺顿立在船头眺望远方
影色——这个时代，猫也会赏景了啊

安妮正坐在火车站边的凳子上
耐心地等着领养她的人

夏洛在屋檐下静静地织着网
是为小猪织的

小法布尔拿着放大镜仔细观察着
地面，等待他的猎物出现

寂寞的孩子会等待奇迹出现。

2010年5月10日

156

我的路

有一条路
一条你走上去
到处开满了鲜花的路
——不劳而获的路

有一条路
一条下坡路
周边的花儿、草儿都低下了头
——堕落的路

有一条路
一条四处金碧辉煌
闪耀的，可只有你一人
——孤独的路

有一条路
一条周围都是黑森林
神秘而恐怖
——危险的路

有一条路
周围的花儿、草儿需要自己去种植
周围有朋友陪你前进
……
——成功之路

2010年5月12日

这个世界，好烦！

这个世界，好烦！
就像一个个漩涡，把我们卷进去。
永远也出不来。
就算你呼喊声再大，也不会有人理睬你。

2010年5月21日

装饰

有许多东西，就像首饰一样，
只是用来装饰的。
友情，也只是用来装饰孤独、寂寞。

2010年5月22日

蚂蚁不害怕

蚂蚁不害怕　没有恐惧感么？
为什么我把脚横在它面前
它都能义无反顾地向前爬？

蚂蚁不害怕　是它勇敢么？
为什么我把脚横在它面前
它都感觉不到危险？
我随时可以把它揉成一团。

蚂蚁不害怕　是它许下诺言了么？
为什么我把脚横在它面前
它却从来不退后而是向前一直前进？
是它许下了只前进不后退的誓言了么？

蚂蚁不害怕呐！

2010年6月20日

蚊子吟

你拍，我躲
　　怕你不成
你熏，我逃
　　怕你不成
你打，我飞
　　怕你不成
——吟记

千嗡万叫出角落，
数支蚊香不管用。
同胞尸体全不怕，
要留赤血在人间。

2010年7月9日

人生就像sth

人生就像一架钢琴
弹奏着
高低不同的乐章

人生就像一张白纸
等待着
我们去填上新奇

人生就像一幅画
描绘着
多姿多彩的人生

人生就像一个五味瓶
蕴藏着
酸甜苦辣

人生就像一场电影
演绎着
喜怒哀乐

Somebody 的人生就像 sth
随时自定义。

2010年7月10日

妙不可言

窗帘的裙摆微微拂动
勾起我心海阵阵涟漪
那种感觉，妙不可言
天上的浮云也要拼命地飞
似乎讨厌掉落眼泪
太阳照亮它前方的路
月亮保护它行过的程

趴在窗前，望着天空的飘云
似乎，那一刻，有泪水滑过
窗帘的裙摆仍在拂动
街上仍是来去匆匆的车辆
有谁会看，自己走过的路
夜深，人静，的时候
灯火，辉煌，的街头
那种感觉妙不可言

2010年8月4日

我在想象将来的我

我在想象将来的我
或许，我会成为一名
举世闻名的天文学家
我用望远镜勘测着
变化多端的浩瀚宇宙

我在想象将来的我
或许，我会成为一名
顶尖的服装设计师
我用铅笔勾勒出
一件件服装的出世

我在想象将来的我
或许，我会成为一位
普通的城市美化工人
我穿着醒目的橙色工作服
每天为大家服务

我在想象将来的我
或许，我会成为一位
受人尊敬的好老师
我用爱灌溉着
那些即将成为参天大树的学生

我在想象将来的我

或许，我会成为一名
万众瞩目的国际明星
我用火辣的舞蹈和清澈的歌声
给大家带去欢乐

我在想象将来的我
当然这只是些平凡的想象
可这是美好的。

2010年8月19日

昨天傍晚①

昨天傍晚
我带着云彩归还
天那边的彩霞…
你知道么？
她们一直停留在我的肩上…

昨天傍晚
我停留在一棵树下
遇见孤独的鸟儿逃离…
你知道么？
我在那一刻看见了枝头上的诡秘……

我不愿返回
因为担心那些树
也会产生这样的……苦闷

仿佛我回到了家
或许是出去了
直到星星闪烁
直到她们在天上看着我
直到我又回到了小学
直到我又回到了那条街

我又回来了

———————————
① 小学毕业后，我跟随妈妈，又离开了张家港，来到苏州读初中。

166

是的，回来了。

呀！
我听到了！
他好像又在第一排坐着
叫我,···叫我蒋 P 寒

呀！
我听到了！
她好像又在远处向我招手
叫我,···叫我小蒋

喔。不对，我什么也没听见
是的。什么也没听见···

2010年9月11日星期六

我不知道为什么

我不知道 为什么，
　我们要建起高楼大厦。
　其实 只要有一所房子，
　那种新鲜亮丽的茅草做成的，
那多好。

我不知道 为什么，
　我们要铺成水泥路。
　我并不喜欢它们。
　其实 走走带石头的乡间小路，
　那种土黄色的铺成的，
那多好。

我不知道为什么，
　我们要有汽车在道路上行驶。
　我不喜欢。
　其实 手里拿好一条鞭子，
　前面一匹马或一头小驴
　拉着我们缓缓前行，嘴里衔着稻草根儿
　悠闲自在地哼着曲儿。
那多好。

我不知道，
　为什么。

2010年9月20日

那飘去北边的

前不久
飘去北边的云彩
又飘了回来

它带回来的
是姥姥的祝福
我知道

现在
我把我对姥姥
的思念
寄托给它
你说，它会帮我送到么？

前不久
炽热的阳光
不顾乌云的重重阻拦
照射到了我
照得我红彤彤的
很健康

我知道
这是姥姥托阳光
给我送来健康

前不久
我把健康的阳光
托云送到了北方
姥姥现在一定很
健康的　对吧

我知道

2010年9月21日

窗外

其实每天很累
　　其实每天也很快乐

　　初中了
　　　一直被作业与试卷压迫着……
　　　　　　压迫着……
中午，午自习时，我总喜欢靠在窗边
　　　　　　　去看外面的世界
　那时，
　　　我不想听老师的指责。
　　　不想听什么写作业。
　　　不想听别人的问题。
　　　……　……
　　　我只想看窗外的事儿。你会问：
那里有什么？值得你去看？

　我会告诉你：
那里有的，
　　是自由呵！

2010年9月27日

不是骆驼的骆驼①

如果你知道，我画的是骆驼
那么就对了
这是一片新沙漠

放心，绝对一望
无际
在这里的骆驼
放心，不止这么多，这只是
一部分

看到了吗？
有一对的骆驼
也有单个的
骆驼

它们身后有一串串的
脚印…

放心，这并不代表着什么
绝对没有

只是一些骆驼

依据写于 2010 年 10 月 26 日 21:14

---

① 我画了一群沙漠里的骆驼，画上写了这首诗。那时我取了个笔名"依据"。

妈妈和蛋的乳房

妈妈有两只大妈妈
它们垂着脑袋没有了生机
我从小把它们吃到大
所以我们相亲相爱~

蛋也有两只小妈妈
它们挺着身子骨生机勃勃
但是它们现在还正在变丰满
还没有乳头呢
那妈妈也就不能吃蛋的了

不过妈妈可以等的嘛
等蛋的成熟了

（我去找妈妈的大妈妈去了）

2010年10月29日 22:01

水果拼盘

我们生活在水深火热之中
就像被厚厚的橘子皮包着一样
老师的指责就是刺鼻的味道

我们就像带刺的荔枝
老师总喜欢看到我们严肃的模样
那么，什么时候才能去壳呢

我们就像火红的火龙果
每学习一点知识就会增添一点香甜
等时机成熟老师就会按期品尝
盯着最好的那个

我们就像臭臭的香蕉
虽然外表臭烘烘
但是扒下面具
我们都是好孩子。

2010年11月4日21:28

你们都是猪！！！^①

你们都是猪
　　都是
　　不可一世的大蠢猪！

你们都是猪
　　都是
　　比我优秀的大笨猪！

你们都是猪
　　都是
　　让我嫉妒万分的小乳猪！

你们都是猪
　　都是
　　深受老师喜爱的坏野猪！

你们都是猪
　　都是
　　永远飞不上蓝天的蠢猪！

　　你们都是猪！！！

2010年11月11日【光棍节】

---

① 其实，我很快爱上了这群猪，三年后分别，一直怀念他们。

贪生怕死

你说全球变暖，
　要世界末日。是吧。
我现在基本相信这个事实了，
那天或许是我的死期。

我不会像那个僧人一样，淡定地敲钟
等待淹没他的雪崩。

我不会像那个男人一样，花重金买上诺亚方舟的票
只为继续生存。这样，不公平，有那么多的人，被海啸
吞噬，被雪崩淹没，被岩浆烫伤，痛苦地死去，那么，
这些人，得罪了谁？整天为国家纳税，辛苦地劳作，为什么
他们不能上船？为什么他们不可以继续生存下去？

是的，我还想，两年后，继续活下去，上我的初三，见到
那么多爱我的，和我爱的人，经历我人生中该经历的
生离死别，我还想，继续上可爱的星海学校，
见到那么多可爱的同学，在英语课上听流行音乐，我还想，
上我的QQ，和多年不见的朋友聊天，在群里说说笑笑，
认识朋友……

我会想我以后的事情，我还要嫁给我爱的与爱我的
人，让姥姥给我做个大被褥……
我会想我以后的事情，我要当个服装设计师或画家
养活我的家人……

......

不想再写了

关于 2012，我想说的太多太多

　　一句话："我还没活够……"

2010年12月2日

下雨啦

许久没下雨了
淅沥哗啦的
特别喜欢雨水打在外界东西上的声音
好听
特别喜欢不撑伞在雨中走雨下得越大越好
然后淋湿了回家
脱下衣裳
去洗个热水澡
之后钻进温暖的被窝
懒懒睡上一觉，没有忧虑，没有烦恼——
但是不敢这样
怕妈妈骂我怕生病感冒…………
曾经想这样做过
但是怕与自己想象的感觉不同
所以我还是保留我这美好的幻想吧
被打破——是件痛苦的事

2010年12月12日 22:01

我吃早饭时

When I have breakfast
　　Mum says : quickly

When I wash my face
　　Mum says : quickly

When I do my homework
　　Mum says : quickly

When I write my diary
　　Mum says : quickly!

2010年12月21日21:46

无题·如果可以

如果可以,请让我静静睡去,
别把我叫醒,就让我这样离去。
——离开这个让人 × 疼的地方
再也没有什么悲哀,失落——

如果可以,我希望我从来没来过这个地方
希望离开这里
离开这个并不属于我的世界——

如果可以,我希望下刻即是末日
把一切都带走,带走那些装 × 的孙子们,
还给世界一个干净

如果可以,我希望我死后,
我能把我骨灰带走,因为我不想和这世界有任何瓜葛
如果可以,能否给我一个房间,只属于我自己的房间
让我远离那一张张虚伪恶心的脸
再也没有围绕在耳边的讽刺,再也没有门外的嘈杂喧闹
把我和外面的世界隔绝,躺下让自己的心安静地休息,
它累了,可我不敢闭眼,我怕,我怕梦中它不听使唤,自己就停了。

如果可以,我想变成一个傻子,什么都不用管,就无所谓了
整天傻傻地过着,挺好。
不像现在,貌似什么都懂,懂多了
种种压力随之而来,等到哪天受够了,

自己默默结束自己卑微的存在，随着一丝微笑而去。

如果可以，我希望自己，是个永远长不大的孩子
不管怎样，那种看世界的单纯目光，是无可替代的
含着棒棒糖幻想未来，那种纯真，已被岁月和现实摧残得无影无踪。

如果可以……

    If, I can do it.

2010年12月30日20:19

2011年·13岁

太阳升起了又落下，天亮了又黑了，
雪下了又停了，飞机飞了又落了。
日历上一天天时间在飞过。
不会像飞机一样停下来等我。
18天开始了又结束了。
在那里，等我的飞机又要起飞了。
——摘自《听曾轶可的歌》

还是那群骆驼^①

咳！咳！不好意思，还是上次那群骆驼
它们迷路了
满天的飞沙蒙住了它们的双眼
它们像瞎子一样，不停地求人帮助

这片沙漠已不是新的……骆驼，有的也不行了
这片沙漠，只不过是沙漠
是一片被人发现的沙漠
而现在，没有了动静
哪怕是沙中那可怕的蛇可以动一下
也好
只是没了动静

你是不是要问我脚印在哪儿
我也不清楚
大概，是被满天的黄沙淹没了吧

依据write于2011年1月4日21:19

---

① 这还是一副配画诗，承接着前面2010年10月26日的配画诗《不是骆驼的骆驼》。

再度爬山

登上山后，我们打开了胸膛
用力地呼吸这山顶上的空气
看到了东方的天空
天空下的村庄
风呼呼地从耳边划过
她转着弯儿
留下的印迹，像一朵流星
挂在天边，在冲我微笑

脚下踏着的草
枯萎，茂盛
山的那边，有些朦胧……
天，黑了。

2011年2月6日18:13

无题·说个实话

说个实话，
我只想安安静静地活在我自己的世界里
不想有成绩来敲门，好烦好烦

外面好烦好吵，
我知道，空气中没有绿草新鲜的味道
我只想要一个纯净的世界
有些词语我不想知道它们
请让我忘了它们吧
我不想吵架，
大家都心平气和的
很好很和谐，不是么

生离死别什么的，不怕
勇敢面对，
看着天空会想起开心的事的

想想一年前的自己
真是一只小萝莉〈LoLi LoLi〉
会为了朋友随口说的话而纠结许久
会为了偶像受伤而伤心许久

而现在，
一个小寒倒下了，千万个小寒又会站起来↑！［哦耶史！］
在这慷慨激昂的时刻，我突然不想写了。
于是乎，终笔。

2011年2月18日

蜗牛的味道

刚刚开窗,因为听着外面打雷。
站在楼上把窗户一开,一股风
伴着呼吸进入我的鼻孔。
我像上瘾了一样,又贪婪地闻着这熟悉的味道

回过头,问妈妈:你有没有闻过类似以前闻过的味道,
似曾相识的感觉。
她说,有啊,很熟悉的气息。
我点头,没有言语。
昂头再度嗅了一下,我像是闻到了
小时候与周晨雨、白海、王紫叶他们一起去捉蜗牛,
后来留在手上无法散去的蜗牛味。

只是现在,到哪里去寻找那个保留我童年记忆的蜗牛啊?
早已不复存在了吧。
嗅着风中的味道,我记起了一件有黑猫的短袖和一条黑色的
裙子,恐怕现在已不合身了吧,但是也有记忆在它里面呢,
周晨雨和我一样,都有这样一条裙子。都有。

把手伸出去,凉凉的。
那只蜗牛,那条裙子都已不复存在了,我知道。
哦,还有,还有那段时光。

2011年5月8日

五月就此成为一个悲伤的月份

一个悲伤的声音说了一句让我铭记到最后的话，
五月就此成为一个悲伤的月份。

是啊，三年前的五月天空下的你们，
还有那一张张天真的笑脸，
却在那一刻成为粉末，被石板无情地碾成粉末……
五月就此成为一个悲伤的月份。

是啊，三年前的五月天空下的你们，
还有那一双双灵巧、稚气的小手，
却在那一刻成为粉末，被石板无情地压成粉末……
五月就此成为一个悲伤的月份。

是啊，三年前的五月天空下的你们，
还有那一对对灵活、善于奔跑的小脚，
却在那一刻动弹不得，被石板硬生生地压成粉末……
五月就此成为一个悲伤的月份。

是啊，三年前的五月天空下的你们，
还有那个个水晶般容易破碎的小身躯，
却在那时失去了活力，静静地躺在石板下，
你的父母多么想让你醒过来，起来吧，孩子们，不要睡了！
你的父母想看你活蹦乱跳的样子，他们会给你买你喜欢的玩具，还有零食，
你的老师会教你唱歌，你可以吃过饭后和小朋友去玩，去玩吧，孩子。
你的父母想让你用灵巧的小手抱着他们，每天晚上和他们说晚安……

孩子，你去吧，这个世界不安全，有三聚氰胺，有豆腐渣工程，有染色的馒头……

孩子，你去吧，再也不要回来，再也不要。

五月，就此成为一个悲伤的月份。

2011年5月15日

月亮月亮

唔，我又坐在窗前，窗向右开，风好香好凉
看着月亮
它今天好圆好亮，周围散着金光

我身体往左，
它消失了
我身体往右，
它出现了
再往右，
被窗帘挡住了
我抬头看它
看见两个月亮
它们好圆好亮，周围散着金光

今天，可能看它的时候晚了，走到了大楼上方
昨天，或许早些看它，还在两幢楼之间
月亮月亮，周围散着金光

2011年5月18日

我们走得太快，灵魂跟不上了

唉，慢点儿，我们走得太快，灵魂跟不上了
它被我们脚下趟起的尘土迷住了双眼
看不清我们走过这儿时的足迹

唉，慢点儿，我们走得太快，灵魂跟不上了
它一个人孤零零地被我们丢在了森林里
找不到出口

唉，慢点儿，我们走得太快，灵魂跟不上了
它一个人划着一条船被静谧的大海包围着
辨不清方向

唉，慢点儿，我们走得太快，灵魂跟不上了
它需要背对着尘土大口呼气
它需要在森林中与浣熊嬉戏
它需要划着船在海上与海豚亲密

唉，慢点儿，我们是该停下来等等它了
没看见嘛，它已经上气不接下气了

2011年5月29日晚

六一^①

很小的时候,
那时的眼神没有忧愁
我曾扎上两个小辫子
躺在香香的草地上

我也曾踮起脚
试着够到那只蝴蝶……

我也曾飞起一条腿
努力勾住风筝
——哦,今天风太大了

——我在六月一日这天
回顾了我的童年

香香的,
像淡淡的绿草地一样。

2011年6月1日

---

① 这是一首配画诗,我画了五幅画,每幅画上写了一节诗。

我不想卖[①]

我不想卖
尽管那水龙头太小，尽管那马桶不能用
尽管那里变得又脏又旧
但那个厨房有我的记忆，还有微波炉和它的插座，曾经电过我
客厅的那个茶几
我还记得我们以前停电
爸爸拿了一支蜡烛给我，我把它放在了上面
还有以前起大风
我趴在厨房的窗沿上看车库后面的那片麦田
还有那几个大沙发
可能有的被搬走了，但我记得以前
我和张琨姐在上面打滚
还有张照片，我穿着那件蓝色的漏网衣服，现在给了小伊
没关系，还好有她帮我保存着那份记忆
还有厕所的那片镜子
还有那个洗拖把的池子，记得以前我还矮
够不到洗脸池，便站在那个拖把池那刷牙洗脸
洗好了，臭美的我又站到沿边去照镜子
还有厕所对面的小屋
算是个书房，但我很少进去，里面有个大书橱
里面有许多书，但我没怎么去看
还记得以前三姨在里面住过
还有爸爸的屋子，我很少进去
因为里面都是烟味，那个屋子冬天很冷吧一定

---

① 为了能在苏州有个家，妈妈不得已卖掉了我们在老家的房子。

194

现在想想，我也不曾问过他

我和妈妈睡在一起，
床很大。
在我的印象中，我和妈妈都是头朝南睡的
还记得我第一次自己弯腰也是最后一次就是在这个床上
还有个阳台
也是因为矮吧，
没有多少从二楼往下看的印象
夏天时还有个红色黑叶的小电扇吹着我
······ ······

还有那个楼道，
每次晚上掀开帘子进去时，
我都要肆无忌惮地"带！"一声，把楼道里的灯全叫亮
······ ······

我不想卖，
因为那里曾经有一个完整地属于我们三个人的家，
曾有我的爸爸我的妈妈和我
"我的"对我来说有多重要，你知道么？
还有，那个家，也是我的。
那里的记忆，那里所有拥有的欢声笑语也是我的
那里所有我记录的，我拥有的，我的，
都是我的。
所以我不想把我的东西以35万的价格卖给他们
那些记忆，那个家的记忆，
再高，再多的价钱买不到，懂吗？买不到。

我视那种东西为生命。

2011年6月12日

我一点都没变

我向往小孩的世界
脑袋里只装着一根棉花糖，一架纸飞机，还有旋转的小风车
他们思想很干净觉得一起分享零食就是快乐
觉得好朋友在一起玩弹珠玩洋娃娃就是幸福
他们不会了解长大后的这些勾心斗角

——15:03

我一点都没变
还是和以前一样
画素描时总喜欢把边描得很深
等发现时再乐此不疲地将它擦淡

我一点都没变
还是和以前一样
一个问题总要问过好久
直到问到别人发火><（我不是故意的）

我一点都没变
还是和以前一样
紧张的时候
喜欢吃零食，我会把糖嚼得嘎嘣嘎嘣响

我一点都没变
还是和以前一样
和以前一样害怕生离死别

和以前一样感性
和以前一样，很想回到以前

我一点都没变么
可是我变成熟了
懂得了朋友中的勾心斗角
我也看清了一些朋友的本来面目
我也在思考这些朋友值得让自己为她们赴汤蹈火么
我也曾想过交了这么多朋友是否交过心

周围的人劝我不要过于疏远她
可是脚长在我自己身上，还要她管么，我这样告诉她

是的我变了，
变了好多好多。

2011年6月17日21:51

折腾

晴
笔一直这样放着，不知道写什么
手机屏幕不停变换着那些从网上下载的照片
不知道选哪张作为桌面
好不容易选定一张
又不知道把时间栏放在桌面的哪个地方
换来换去
都不满意
于是换回了原来那一个

呵，人就是这样么
挑来挑去，换来换去
等到最后
还是觉得最初的好
真折腾

2011年6月19日21:23

视成绩为生命的恶魔们

视成绩为生命？
呵，成绩，成绩，就像一望不见底的深渊
它张开了嘴，等你跳进去，被它吞噬
是有着无尽诱惑的深渊，只是为了成绩么？

"学习成绩怎么样啊，小朋友？"
"在班上成绩好么？"
"现在我把学习成绩公布一下……"
"哦，成绩不错么！"
"学习成绩学习成绩学习成绩学习成绩……"
耳边围绕着的永远都是
真是恶心，恶心到心底了
心里回荡的永远是这四个字
就像那你在山谷中喊一声"学习成绩"然后就是回音

2011年7月12日

九月①

已经抬腿迈进了九月
这将是一个什么颜色的九月呢
又会是一个谁在期待的九月

懒觉似乎变得没那么重要
像是有种动力让我不得不从床上弹起来
就像我那充满弹跳力的闹钟一样

和以前不一样地一步步脚踏实地下了楼
拿好梳子站到阳台上
双手拿着梳子两端
看向太阳，于是双手举起，向上，再向上
我听到了骨头张开的声音，清脆的

就算再没有胃口也要吃得很饱去上学
不然第四节就饿了。
午自习当然会觉得有点陌生
不知道干什么，是写这个作业呢，还是那个
是做语文呢，还是数学
前后左右都换了人，新的面孔
有点别扭

还是睡觉吧，我困了，这个最不别扭

2011年9月4日

---

① 2011 年 9 月，我的初二生活开始了。

诗经

热死了,怎么又热起来了

它在我最热的时候充分让我体会到液体团成一团的分量
感觉得到它正顺着我身体的线条
像蜿蜒的小溪流,缓缓而下

它在我熟睡的时候充分让我找到了比闹钟更强大的东西
感觉得到它不停地向外流
任何地方,任何路线
让我多次梦到身处血泊之中

它在我站起的时候充分让我尝到杞人忧天的强大
感觉得到它像油一样
腻腻地滑下来
让我总以为白色的校裤突然变成日本国旗

你说这是什么
你猜对了我就告诉你。

呵呵,你猜不出来?读诗不要忽略题目哦。

2011年10月10日

有些事情也就想想吧

这周回张家港了，没有时间和匡匡见面了，有些事情也就想想吧。
我和妈妈打的去亚楠阿姨家时，经过了体育馆，赵嘉皓家，葛文葛艺家……
我在那一刻想了好多好多。
葛文落水，在那里发抖，嘴里喊鬼
陈苏琪抱着她，把衣服给她穿上，帮她拧外套上的水，
我和葛艺用力转，放在通风处去吹，吴袁博还骑车到家拿了干衣服过来
葛艺很害怕回家被妈妈骂，坐在草地上哭，陈苏琪也抹了下脸，唯独我没有。
我帮她们想办法，先打电话回家，……明明不是什么刻骨铭心的事情，
却忘不掉那个情景，
葛文怎样回头骂了一句话然后怎样失足掉进水里怎样被一个叔叔拉上来后，
她怎样发抖怎样哭我们怎样安慰她我都忘不掉。

我想起了我和匡甲鱼坐在栏杆上唱歌，鬼哭狼嚎却乐在其中，
我们去吃沙县小吃，然后吃坏了她的肚子，我没事。
我们在一堆树丛中坐下来讲鬼故事，听到风的声音自己吓自己，
手就在这个时候互相扣住了。不想放开。

我偶尔会想起他们，她们，这些名字有些忘不掉的样子，甚至
还在我的记忆里一再出现。
我想起了钱斌给我背书，因为我没空，放水
光光毕业时送我一支笔当作毕业礼物
班里有人发烧 H1N1 放假十天还是七天
劳技手工我记得是做一个房子的模型，没做成，拿了别人做好的充当一下，
这件事只有钱鹏飞知道，就成了他要挟我的工具，但是我知道，他不会说。
我还记得赵嘉皓趴在阳台上唱歌，我听到了，

虽然唱跑调了，但是我没有打击他……
张育权那张看到就想扁的脸，
肖明昊还把钢笔的墨水甩到我粉红色羽绒服上，怎么洗也洗不掉的样子，
一声对不起就完了……

再忆。

2011年10月23日

期中考试第一天①

当我再次在这个本子上奋笔疾书时，已是 7 天之后的期中考试第一天了。
今天是 11 月份的第一天，简直是个噩梦
可是有自己喜欢的人陪伴着考试是件很开心的事呢，like me！

我有预感很强的预感会和他分到一个考场
首先我们不是一个班的，不然没什么高兴的。
那个考场，我去看时激动得无法用语言形容，难以相信！
然后，我怎么看怎么觉得
我和他的名字像是一对。

但多少也会有不好意思的情愫［高兴归高兴嘛，对吧～］
比如说今天物理考完后，我很快收拾好东西出了教室
就在我出教室的那一刹那
我感觉到背后酥酥的，又走了一小段，
我用余光瞥见右后方的人，是他！
有点紧张，终于生出来一只小鹿，它到处乱撞，
好开心啊，它终于会撞了。
我怀着这样一只乱七八糟的小鹿心情走到了班级，停了下来，他
径直向前走了，我看着他的背影［控制不住］
你是不是问我为什么不进去吗？站在这里看也太矫情了吧！
——可是，在我们班考试的人还没放呢！
天啊，跑题了，在这样关键的时刻竟然跑题了。
好吧，我看见他
按照他一贯的走路姿势向前走，走到那个地方，他

———————————
① 嗯，必须承认，那时我还是一个看脸的女孩子。当然，现在仍然还要看脸～

回头了。终于回头了，从左边把头转过来向后看了一眼。

就在这时，班里的人出来，外面的人进去，

我却真正矫情了，站在这里。

直到看不见为止。

2011年11月1日

但是请你记得我

放学时，碰到朋友，
她跟我讲我喜欢的那个男生并没有和那个女孩分手，又在一起了。
我苦涩地笑了。语气都僵硬了，嗓子里像是什么涌上来堵住了。
说了句连自己都听不到的"再见"就离开了。

我看着地上排列不整齐的砖块，瞬间感觉无数的刺长在了胸腔内，
刺着我肉肉的心脏。
好像一下就到了家门口，我机械地掏出钥匙，
对了半天才插进了孔，转了是不是两下，进去。
我把书包放下来，拿出笔袋作业开始写，亮堂的屋子一点声音都没有，
我用力地写，没有尽头地写，无止尽地写，
我要把我所有对他的不满都写出来。
我做完了语文同步，起身到厕所，洗脸。

拧开水龙头，哗哗的水声灌满了我的世界，
我洗掉我的忧愁，洗掉我为情所困的样子，洗掉我一副痴情女的模样。
洗到最后我想只剩我自己。

洗完脸看着镜子里那个人，
"那就让他们在一起吧，我做好我自己就够了，
好好学习，上课。
好好考试，比赛。
好好把初中上完，毕业。
我想这么多足够让我忘却你了。"
又刷了次牙。

"我很难过，可是我要好好学习了，
没空管你怎么样。
不好意思，
我不会时常想起你了，
也只是偶尔想起你会心疼一下。"

但是请你记得我。

2011年11月16日

物是人非

每当我回到那个地方
总会向家人索要钥匙
"我想进去看一看嘛"
"太脏了，到处是灰尘，以后再说吧。"

自从离开那个地方后
我还真没再踏回去过
我记得我离开前看的是《快乐星球》
上车后抓着姥姥急急挖的家乡的土地
"万一水土不服抹一下就好了"
我跪在车座趴在车背看着姥姥越来越小
一家人都站在那里看着我们离开除了我爸爸

这个地方卖掉了，今年9月份的时候
就卖掉了我童年的记忆，那段被泪水覆盖的记忆
就卖掉了我童年时候的自己，那个咸咸的小小的自己
"也再没有以后了"
"卖掉了，以后就算有钥匙也是原来的，孔早换了"
如果张琨姐还住那里当她走到三单元楼下时
会不会发现二楼左边亮灯了？
会不会高兴地以为我回来了？
会不会兴奋地冲上去找我？
物是人非。
"小寒"
"哎，琨姐！"

2011年11月22日

208

听曾轶可的歌

有些歌是很喜欢的，有几首是唱到心里去了
可能是自己经历过，百听不厌
听曾轶可的歌，感觉大冬天搬把椅子拿把吉他在山怀抱里吟唱
村庄里一片寂静
偶尔几声鸡鸣狗叫
顺着阳光的方向望去
街道上零星的几个村民拿着扫把"哗哗"地扫过。

每家干着自己的事。
太阳升起了又落下。天亮了又黑了。雪下了又停了。
飞机飞了又落了。
日历上一天天时间在飞过。
不会像飞机一样停下来等我。
18天开始了又结束了。
在那里，等我的飞机又要起飞了。
（头发还没长长时间就要带我走 ♪）

2011年11月26日

我走到了世界的尽头

哥伦布说世界是圆的
但是有一天我会走到世界的尽头
火山会喷发，大地会颤抖
我走到了世界的尽头
阿基米德让我给他一个支点
他就可以撬起整个地球
我开始后悔当初没有答应他
不然我就会冒次险看到别的星球
牛顿说苹果掉到他头上
让他发现了万有引力
我笑他为什么你一跤摔在地上时就没探索呢？
还有
我跟奥巴马说好了
等下次什么时候他去地球外面玩儿
就请带上我

2011年12月8日

2012年·14岁

后来我发现，我是被自己一步步击倒的，
从我开始为自己的畏缩找借口的那天起，
我已经开始变成自己曾瞧不起的那一类人。
他们藏起来，用黑色的布把自己蒙起来，
却把颤巍巍的白尾巴露在外面。
——摘自《十二月三十日》

新年快乐

新年快乐真心新年快乐！
真不感觉过年了，觉得去年没做什么值得记忆的事情，
一年可能就这么虚度了。我又老了一岁。
伴随着新年钟声的敲响还有两天后的大考。

2011 年最后一天晚上我守在电视前面，
抱着手机，看着时间一点一点地消逝，
看着手机里收到一条一条的祝福短信，我有点伤感。
2011 年最后一天的晚上我想了很多，
想起了这年的开始我那个收到很多水晶球的生日，
想到我为妈妈忙了很久的《星空》著作，
想到了暑假到处"奔波求学"，
想到 11.11 光棍节那天那个晚归的日子，自己一点也不害怕，
想到季节的生日 party 我们喝酒流到脖子里去，
想到圣诞节天颖姐姐归来看《金陵十三钗》哭得泪一把鼻涕一把结果第二天
妈妈告诉我们电影的漏洞……又想到了现在的我。

又活了一年的我了。我到底是叫什么？
我觉得"小寒"叫起来很陌生了。
是的，我死了。对，就死在这一年。
然后 2012 年是个新生的我。
我要洗澡，洗去一年以来我的疲惫，我心疼的人和事，
擦干净后抹上妈妈抹的橄榄油的香水，
我拍打着面孔近十下感觉红润了，很爽快地吐了口气。
感觉整个人空了。

再回到 2011 年 12 月 31 日的夜晚吧。

我任凭时间离开我的身体。

然后在倒计时的时候，我也分不清激动还是感动，

跟着电视一起喊"8、7、6、5、4、3、2、1"

我没怎么注意电视里的场景，因为视线被模糊看不清了。

记得以前过年总是很开心，

活蹦乱跳手舞足蹈。

现在却有一股沧桑劲。

2012 年 1 月 1 日 00：00 这样整齐的日子。

2012年1月3日

爱就一定要说出来吗

今天考完了很痛快，我奔到后柜去拿书
正好他很煞风景地从左边走过来。
我看他要过去，就脾气很好地靠在一边给他让路
结果，他凑过来，用不大不小的音量：
"蒋筱寒，我喜欢你。"
我翻了个白眼，然后，拿书，关上柜子，走人。

留给他一个背影以示拒绝。
然后，就听到他们别人的哄笑。

我已经说过两遍我不喜欢他了，难道还不够吗
怎么那么有毅力。难道这小孩儿不懂
示爱次数多了会让人感到厌烦的吗？
其实我忍耐了很久了，可就是我太有责任。
我多想糟糕地掀桌子爆粗，让他脸一阵红一阵白
让他成为大家取笑的对象。
可是，我要为他的自尊负责，
喜欢我也不是他的错。
于是，我把忍耐渐渐变成一种享受。
吼吼我是强大的小超人。

爱就一定要说出来吗。

2012年1月6日

2012就来了

想到有时会有很好的阳光，
可大部分时间我都在学校里没时间享受
突然感觉好可惜
想到我也不能分身出另一个我
去帮我写信寄信说一些煽情的话在里面
可是我也不知道寄给谁

我也想涂点胭脂粉化妆去学唱戏
是我文艺了还是老了
可是我没工夫
我想带上一笔钱去出国玩去
每到一个地方寄一张明信片回来证明我安全
可是我要学好语言才能出发
我想出一本书像郭敬明他们一样
活在自己写的世界里
可是我没有大把的时间
我要全部用来学习

想到我有好多事没有完成呢，2012就来了，
让我有点手足无措，不知道怎么应付呀
我也没有告白过，矜持了一年了，但倒是被告白过。
我有许多事没完成，
我说过我要买架私人飞机停在老家房顶上，
把他们全接出来看看，到苏州来玩。

……………你说，真的有2012吗。

2012年1月8日

216

无为①

坐在我对面的史筱伊同学探着脑袋问我:
"姐姐,你说我们除了写作业还能干什么呀?!"
我很遗憾我也不知道。
她又来了一句:"忒无聊。"
我很遗憾我感觉不出无聊。
过一会儿她说:"你是想学习会儿还是想玩会儿我都无所谓。"
我很遗憾我也无所谓。
"可是我连玩都不想玩儿"她站起来又坐下。
我很遗憾,中国的教育。
让孩子玩都不想玩,不会玩,什么素质教育,"三会"②,什么玩意儿!

2012年1月19日

---

① 这也是一首配画诗,我画了一张素描画,一只螳螂爬在枣树枝上。
② "三会":苏州市教育局在全市中小学倡导假期学生"三会",即"会休息、会自学、会健体"。

我爱这个地方

今天从上午开始我就很用功，
为的是换得下午的时光去我日思夜想的地方。
终于我如愿以偿。

我们仨像屁股烧着的女猴子往门外疯跑，
我听到鞋敲打在石砖上的声音都变得轻松有活力了。
阳光那么好，我迫不及待地往山上冲。

那条路也老了。
小时候我们仨站在这上面无数次幻想从这里掉下去会怎样，
即使到现在也会。
我小心地踏过它苍老的身躯，
我突然害怕惊醒它的灵魂。
那崎岖的石子路啊，让我亲吻你吧，
我是那么地思念你的面容啊！
我现在回来了。
我看到了信号塔，它在等我吗？
我现在回来了。
人们平了那块土地，
我知道我再也没有机会登上它了即使我现在回来了。
我也知道那条险恶的小路没有了，
我想我没有机会再体验提心吊胆的滋味了，
可是我现在回来了啊！

我只能站在比那里低的地儿看我们仨拜过的地方。

那些长得很巧都朝东的三堆草，
我们在那里发誓要做一辈子好朋友。
往后走渐渐感到打在脸上的温度，
我一抬头就看到湛蓝的天啊！
脑海里烦扰我的都在我的目光接触到蓝天的那一刻起，烟消云散。

"今天这天真蓝啊！"
我们每个人都站在逆光的地方举着灿烂的太阳，
炙热的阳光包围着我们，暖洋洋。
我们指着远方的白房子，我说那是秋裤吧？阿不，水库。
然后笑声回荡在山中，围着天际缭绕。

北边的山连绵起伏，
再远些还有山的影子。
我们觉得锅顶山很近，
可是要真去天黑了都回不来。
我们都太天真。

2012年1月24日19:00

KISSING THE FIRE[①]

眼前浮现了案上小玩意儿和正在繁忙的小脏手。
它们一步不停地揉着泥巴,团成团子,在案上滚啊滚,
她们仨笑啊笑,季节的风吹啊吹。
她们仨约好了要做毒死老鼠的药。
菜刀在稚嫩的手中被提起,她们拿着不知哪里来的野菜切啊切。
然后仨人笑啊笑,季节的风吹啊吹

如今的她们哪会愿意提起洁净的鞋子踏入泥土,
哪会蹲下她们的身躯伸出白皙的手捧起泥巴做想要的东西。
你知道泥土被什么取代了吗? 是笔。

而就像老的死了新的出生一样,会有一批孩子小心地步入她们这个年华的圈套,
终于旧戏重演
她们捏泥团,做大饼,切菜挖土,烤"香肠""煮"玉米棒子(已经没有玉米粒了)……

长大的她们说,你还想玩去吗?
长大的她们回答,当然不了,多小的时候才玩这个呢
一旁的大人说,你们看她们玩的时候想到以前自己玩了吗?
长大的她们都说,想到了。
又有大人说,唉,别说多小,这才几天哪!

I saw this time in the mirror
我在镜中看到了这些时光。

2012 年 1 月 26 日 8:48

---

① 这也是一首配画诗,画了一张素描画,一捧燃烧的柴火。

使命

那是什么，如同一块手绢
在一尘不染的湛蓝中飞翔着
它那样安宁地飞翔着
它笔直的翅膀干净而有力
如神一般敏锐的双眼
注视着远方

它飞过茂盛的森林
那里有温暖的住处——它不去
它飞过——
它飞过田野时嗅到了慵懒的阳光
它本可以停歇——可它不
你知道的它不计千辛万苦
只为了完成自己信鸽的使命

2012年2月22日20:35

请忘记开学外加元宵节快乐

我很抱歉我可能又得抱怨一下时间它奔跑得真的很快。
我被人们拉到高铁上,我挣扎但是我无力,
两边的房屋都追不上我我想我又要孤单地坐在这趟漫长却又在
生与死之间徘徊的旅途中了。
我抓不住往日的景象,我们抓住不往日的景象。
当它们也抓不住往日的我们的时候,这样就公平了。

闭上眼睛就是一张空虚的白纸。
那请问你知道为什么白纸是空虚的吗?
它像钢筋水泥一样,像我们一样,像它自己一样没有灵魂。
我常常会发呆很长时间来想一件事情还有我现在正努力变得专心与作业。

嘉仪今天问我小寒小寒,情人节你打算怎么过啊?
我被问到了。我没回答。
其实我可以吃巧克力的。
我喜欢啃白巧克力,它长得很白。
外面不停地放炮,放得我都想咆哮了。
可不可以给我一点安宁,不可以的话那我买一点吧。

听说苏州下过小雪,
我很想看到它被大雪覆盖的样子,
那样炮声也就被掩埋了。

我要睡觉了,你说我会梦到那片开满花的田野吗?
然后我坐在高铁上驶过这个地方。

我好像驶不到尽头。

因为还没看到远方。

2012年2月6日21:40

午夜奔跑的孩子

你是谁啊——午夜奔跑的孩子
我醒来了，也许我没睡着——可你为何尖叫
孩子，你该往哪儿走？
迷路了吗？那叫我，也许我没睡着。

午夜盛开的芳香啊
我想你一定熟悉无比。
孩子啊，你究竟是谁，为何在午夜奔跑，无家可归。
我请你不要尖叫
那样的芳香包围着你，你是安全的。

车来了，去吧。

2012年2月8日

我

我是大姐姐我是一度宇宙空间穿越来的千年老妖
我会说你们说的话我也去过火星那里气候不好没有绿色植物
我很喜欢大树因为它们拥有无尽的爱可以付出不像你们人类
我讨厌别人说我老然后我会跑到厕所痛快地尿一场
我可以飞可是最近常下雨把翅膀打了两个窟窿
我借来针线缝好了一边那上面好多补丁缝得很丑
我爱唱歌请别说那是鬼哭狼嚎虽然有几次唱倒了几个老奶奶
我很敏感不要伤害我因为姐姐我从火星来的心很热

2012年3月1日

是一定回不去了

晚上,妈妈把床单搁在被子上
满脸春光地转过头来:小寒,你就劳动一下,铺一下床单呗
好吧,当作减肥我铺!

其实在之前,我以为就在床单下面这一层上睡觉了。
其实,也没什么不能的。
我说,要不别铺了,就睡这红格子小兔子小房子上也挺好的,
感觉回到了小时候。
后来啊,后来,你知道的。

我想啊,是一定回不去了。
是一定回不到从前了,从前它早就走了。
再也回不来了,它去找曾经了。

中午擦地板,擦着擦着就有水落在地板上
我赶快抹掉却总也抹不完。
在光亮的木板中我看到了长大的自己。
越是遥远越怀念是吗?

我想到了白海。
小学和穿着保暖内衣的白海打来打去,其实我们都不痛。
我们靠在暖气上说话,我说玩够没?
你歪着头说没哟。
后来约好再继续一起玩。
可是现在,白海你在哪儿。

学校秋天有棵树的小树枝很有韧性，

我们就捡起来互相勒对方的软树枝，

记得那棵树有像毛毛虫一样的种子往下掉，

那时你和董竞辉就抓一把放到我和王紫叶的帽子里。

有一次你追着我跑啊跑，后来在大厅只有我们俩人，

你却突然没了兴趣，你说你去扔王紫叶了。

然后就走了。后来我失望地赶过去，

再后来不记得了。

有次早上都上了半节课了你还没来，

看着身旁空荡荡的桌椅心里很失落，

忽然门开了。等你走到位子上

才看清你的眼睛肿了一大块。

我捅捅你的胳膊问怎么了？你转过头来神色带有歉意地说，

昨天爬到学校那个走廊里的圆弧上给摔下来了。

我着急地问了句，那没怎么样吧？

你轻轻点头说，除了眼睛，有点轻微脑震荡。

后来的，记不得了。也回不去了。

关于你的仅仅只有这些记忆了。

白海白海，现在的你还会想起我吗？

我一直都以为无论我何时回去总会有个永远长不大的四六班在那个教室等我，

王紫叶等我一起去捉蜗牛，你等我一起去玩游戏，刘一樊等我一起主持中队会，

我一直以为何时何地你们都在那儿，永远是那群人，长不大。

当我离开那里时，甚至都没有回我的六班看一眼。

哪怕看大家最后一眼，看上你最后一眼。

我甚至不知道当谢老师宣布我再也不会来将永远消失在你生命中的消息时

你的感受，你的表情，你的样子。

我也不知道后两年你有没有喜欢的人，有没有像我们在一起玩一样和别的女生玩

有没有新的同桌，有没有老师安排一个女生坐在你身旁，

像当初安排我们做同桌的初衷一样：

我帮你语文，你帮我数学，英语共同努力进步。

有没有突然记起我的名字，你。

你叫白海，你的哥哥在七班叫白江。
那个时候我一直觉得海明明比江大，为什么你是弟弟。
有次在等车时，我和高子益站在那儿看到你们哥俩走过去，
你一脸坏笑指着我，你哥哥也看着我。
比较莫名其妙……
后来不记得了。

我知道的，是一定回不去了。白海。

2012年4月15日

寄生在别人的世界里

真的会什么都做不起来。
好像校长还有教育局都好热爱学习，
却把我们抓进学校，投入到毫无兴趣的事务中。
这种感觉就像活在别人的世界里，
做个无厘头的苍蝇。

题目用的是"寄生"。
是离开别人就无法独自生存下去的那种。
可有可无的那种。
不像病毒与细菌会带来好处与坏处的那种。
很可怜的那种。

我们真的很可怜，也很讨厌被人说可怜。
总是感觉我可以，不需要你们的同情、怜悯照样可以。
可总是在血液沸腾，有很大噪声时，才会嚎啕大哭。
一直以来，多苦多累多没动力都只有自己知道，
甚至看着满黑板的作业都会鼻子酸。

无数次的低头与沉默……
我要努力，吞噬掉寄生的地方
成为那儿的主人！

2012年4月22日

我们的未来

我猜四月底和五月初一定是约好了一起来的。

突然感觉每个人的未来，
就是他接下去要走的每一步
都是别人设置好的
丝毫不留选择的余地
太恐怖了。

你说我们有未来吗？
"我的未来不是梦"
的确不是梦，梦至少看见过感受过也实现过。
那不是梦啊。
看不见也感受不到的那种，
那就是未来。

我说我们有未来。
未来都是没有存在感的。

2012年5月3日 9:25

夏季

进入复习阶段，天天都在摸试卷，
闻着试卷上还未散尽的油墨香来充饥。
老师的面部肌肉都集体性中风，
有时候暴跳如雷得莫名其妙，
大家都满面疑惑地望向她那又红又绿的容貌。

昏昏沉沉的夏日，
除了醉风勾起女生们的发丝，
一片寂静。

如此半梦不醒的早晨，空气在流动，
蝉蠢蠢欲动要破土而出，
时光在流逝。
悄无声息地，与夏季融和。

唯有老师嘴里不停喷出的唾沫星子，
三角尺不停重击黑板，
进入每个人耳朵里
冷漠无情的分数
与这夏季显得格格不入。

儿童的欢乐声，骨骼间僵硬的咯咯声，
沉睡的呼吸声，
为 2012 年最后那一关拼搏奋斗如今终于结束的心潮澎湃声。

欢乐的，烦躁的，忧伤的，那是夏季的。

2012年6月9日

我始终坚信

我始终坚信，我是一个好孩子。
就算现在不是，将来也会是。

我始终坚信，我会活得很好，
我要努力适应这社会，坚强地面对一切，
泪水是不能让一切变好的。

我始终坚信，我是有感情的，有思想的，
我会为一些事儿伤心，
不过一会儿就好。

我也始终坚信，当我向神祈求帮助时，
如果神没有帮助我，
这说明神相信我的能力。

2012年7月7日

？

我还是孤身一人，行走在苍茫大地上
听着寂寞被风吟唱
我没有长矛没有战马
因为我知道前面的路还很长即使没有逃脱不曾倒下
时光也会磨牙

这一诞生只是一场笑话
宇宙他处一定有《小王子》上
一天能看几十次落日的地方
没有血管在脑中扑扑跳动没有喧嚣在脑中嗡嗡作响
有的只是一言不发的太阳

2012年7月18日 14:29

时间

在这 7 月份的最后一天，
我感到十分的悲伤。

一种对于时间战胜一切的莫名恐惧感。
仿佛日子都被相机"咔嚓"一声记下，
像胶卷一样在脑海中闪动着，
火车一样的速度，贴着耳膜，呼啸而过。

又有一种对于时间冲淡一切的莫名无助感。
就像曾握在手掌心的陶瓷杯，空气的流动后，
杯壁上早已没了手心的余热。
日光失望着，眺向离人走时的方向。

在泛着黄晕的灯光下，
我把手掌张了又合，
看到了一群我握不住，悄然流走的时间。
我把手掌张了又合，
看到了在干净无痕的纸上，
五根手指的重影。
交错重叠着，近实远虚，
再远点，就藏到了纸张的后面。

时间是强大的，
它见证我所有的成功与失败，
它在我不察觉时，

不用眼睛，也能看见我。

它知道我所有秘密的东西，它是我最放心的人。

我一切做的对与错的事，它都知道，

我撒了谎，骗了人，隐瞒了事，它都原谅我。

而我在浪费时间，在一步步走错未来的方向时，

它却无法提醒我。

因为我没有给它画张嘴。

你也一样。

2012年7月3日21:14

下雨前的味道

我总是能提前闻到下雨前的味道。

有的时候燕子低飞，蜻蜓四处飞
太阳温柔得能滴出水来。
下雨前，我们眼中
世界的样子是最动人的。

它温柔得一碰触就流泪，
天空阴沉沉的，落叶飘落在洁净的空中，
显得格外鲜艳，明朗，
它们掩盖住大地疲劳的身躯，
是下雨之前为它穿上的雨披吧。

雨滴点点坠下，
像一颗颗豆大的汗珠。
一定是它老人家辛勤地劳作后，
痛快地出了场汗，
它为我们修不好一切被人类破坏的生态平衡，
为逝去的树木的生命默默哀悼，
但它并不伤害人类。
只是默默地看着，"瞧，这群傻瓜玩得多不亦乐乎啊。"

我听了一夜的雨声，
我感受到有那么一滴雨，
从它的脊梁上淌过，

"叭"的一声穿过一切按照物理知识不可能穿越的地方，
滴到了老家窗前，大树的一片树叶上，
它顺着叶脉，以它跳华尔兹旋转的速度，
滴入树根那儿，那片泥土里……
浸润了我的眼睑，睡意袭来。

2012年8月12日 7:44

时光飞逝地要人死

我是眼睁睁地看着 09.30 变成 10.01 的！
真是时光飞逝地要人死啊！

现在初三过的是什么日子啊，
在泥里连滚带爬地向前奋勇杀敌，
真跟当年红军有一拼。

每天写作业的时候感觉那时间都被刮跑了，
呼呼地，一下就 9 点了，一下一个小时就过去了，
一下就 11 点了，一下就睡着了。

我也不能像以前一样悠闲地抠会儿鼻屎再大个便再做作业了。
我用不到 20 分钟的时间解决掉晚饭，几乎是冲回卧室，扑在书桌上的，
"开启战斗模式（免打扰）"。

1 周 3 节体育课，
几乎是天天腿疼，腰酸，胳膊无力。
我就这么狼狈地 4 个礼拜活过来了。

天天背着一个沉重的壳，
再怀抱着一个沉重的包，
怀着沉重的心情，踏着沉重的脚步，
进了班级。
开始第一节昏沉沉的课。
面对每个老师阴沉沉的脸，

我们简直要沉到最深处，永远藏起来。

藏到试卷覆盖不住我们，有坚固房顶的地方，

藏到老师口水淹没不到我们，海拔高的地方，

藏到迷宫的最最最深处，家长的魔爪将全被周围的荆棘缠住，困住。

那时候，我们可以指着他们的鼻子大笑，

在他们面前叫呀，跳呀，

We are free!

"嚯"地一下，梦醒。

2012年10月1日[①]

---

① 紧张的初三生活，就这样到来了。

我坚信我能走得更远些

我坚信我能走得更远些。

风愈大，雷愈响，
过往的人倒在了一个又一个障碍下，
他们告诉我，这条路是对的，
你要继续走下去。

不为别的，
为了没有白来到这个世界上，
为自己。

2012年11月18日

十二月三十日

一个月又结束了，
这已经是这一年的倒数第二天，
感到时光过得是这样快。
哗哗哗哗书翻过去，
日子也随着不见了。
好像时间已完全由不得我们自己来安排了。

是不是我太看重自己，
同时又太看重别人对我的评价，
有时会被别人虚张声势的那种强大阵势吓垮。
我开始怀疑自己的价值，但并不发表意见。
是的我有远见，有目标和梦想，
可在这些未被证实之前，
我似乎永远都不敢迈出尝试的那一步。

后来我发现，我是被自己一步步击倒的，
从我开始为自己的畏缩找借口的那天起，
我已经开始变成自己曾瞧不起的那一类人。
他们藏起来，用黑色的布把自己蒙起来，
却把颤巍巍的白尾巴露在外面。
本不该这样。

我没有抵挡寒风的厚皮肤，
那我就让自己强大起来，
我没有跑得快的长腿，

那我就先于他人练起来。

世界上没有死胡同，
如果除了背后其余只剩下墙，
那么打通了也要走。

血和肉是一直存在着，
人和人是一直行走着，
天和地是一直包围着，
你和我是一直在看着。

2012年12月30日22:10

2013年·15岁

我们就这样长大了，
在无数个旭日东升的早晨，
瞌睡连天的晌午和金色阳光
挂满天的暮色里。
——摘自《就这样长大了》

你在那里想着,时光在那里流淌着

有些时候,真恨不得一夜之间长大成人,
找到平淡的工作开始操劳下半辈子的生活。
但现实就是这样活生生血淋淋地摆在眼前,
你朝它怒吼,踢它打它,它就是缠着你不放,
它尖锐的牙齿,刺入你的颈部,
你疼痛地叫喊,反过身与它扭做一团。

你脑袋里的标点符号,
像乡村夜晚的星星,
没有秩序,杂乱无章地排列着。
你的思维往角落的三角里钻,
永远都被周围排斥着,
你们身上带着同种电荷,
相互排斥。
你呆呆地立在三角的中心,
你放眼望向外面的白色世界:
被白雾遮盖的地平线,
没有规划的白色道路。
你想也许自己失去几个电子就可以靠近那无形的界线了,
你想也许当初记得怎样画角平分线就可以走到三角的顶点了。

你在那里想着,时光在那里流淌着。

2013年1月17日

一月十九日记

初三过下来，真有些力不从心，
总有种心弱的感觉，总是止不住地要叹息，
但是又不能改变现状。
手上停不下，大脑运转停不下，
像探测器，越用磨损越厉害，
工人师傅仍孜孜不倦地在破损处加入润滑剂，
打开开关让它们运作。
它们难以忍受，它们难受地哀号，
但如打雷一般运作的声音铺天盖地地袭来。
像海啸，让你立在原地忘记了逃跑，
你被覆盖，被填满，在最后一秒你看见，
天是海的倒影。

它们还在黑暗的墙根下默落着，
害怕有人注视自己，
但却又希望被发觉。
不想拥有强大的存在感，
却又不愿被忘记。

工作效率极高的机器争油吃，它们为敌。
效率低的机器享油吃，它们相互扶持，为友。

2013年1月19日 23:20

我该怎么出去

我的心掉入海底，旋转着，海水灌了进去。
无形的大手把我拉入漩涡。
女人的头发错落地交织，在水里随压强飘浮
有人的眼睛一张一闭
让你想到做眼保健操的孩子，扑通扑通

嘀嗒嘀嗒，无数个平面镜里都是我
那么多个自己，多个角度，却在一个空间
镜子里面是我和镜子，还是我和镜子还是……
就像那无止境的省略号，只要你想点下去
直到世界尽头它还是存在

每个小大强度用力不一的点点

"嗒，嗒，嗒。"

我该怎么出去？该怎么出去？怎么出去？么出去？出去？去？？？……
回音不断。

就这么走。

2013年1月28日22:05

年与年的交界处

世界开始狂躁了，但在深处又平静着

我暂时还想不出什么合适的词汇
不像去年或前年一样坐在炕沿
握着手机掐时点发短信说，祝大家新年快乐
还总是为掐不准 00：00 分而头痛
再听到窗外接连不断的炮声
心情也在波动

我也不知道
那会儿在激动什么
那会儿为什么会微笑或拥抱
现在
寻找不出任何这样做的意义或理由

我所认识到的
只是好好学习，明年，哦不，今年中考加油
到那时只能靠自己，聊得再欢的人也帮不了你
还有什么深刻的没有？
炮声仍然继续，像天空张开屁股，尽情地放屁
炮声仍然继续，像侦探无情开枪，射中罪人
炮声仍然继续，像罪人在黑暗中狂妄近癫狂地大笑
我想写出美好纯洁的比喻与前面对比
好奇怪我想不出

我好像极力地想留在二零一二，可是怎么

巨人的上衣口袋，裤子口袋，头发手臂和手掌上

处处爬满了人

它硬生地拽着我，把我拖进了二零一三

它还张开嘴巴朝我怒吼，可我不怕，就是想留在这儿

目送一群奔上二零一三，载着希望、失望、开心、难过的背影

看着与我无关的人和事情

我永远会活在你们的记忆里，因为生活中鲜实的我不在了？

哦！ Maybe！

2013年2月9日（除夕之夜）

你们在我们世界之外

你们在我们世界之外
用手指着用眼看着
嘲笑着，你看吧，没有共同语言了吧
你看吧，都有自己的圈子了吧
对，是。
那又怎么样呢？

谁没有自己的生活领地？没有自己的选择权？

我也不懂为什么她们就一定要天天按点来找我

不来就不来么，怎么样了呢？

你们懂我们吗？

好奇怪，我也不是很懂。

星星不会次次夜晚都一起浮现。
尽管它们真的连在一起。
但云彩会遮挡住谁，我不知道。
你，我，她吧。

2013年2月10日

那就这样吧

看着空白的纸我一个字都吐不出来。
每次都是吐不出来的情况下
吐着吐着越吐越多就都吐出来了。

我得承认时间过得很快，
一个礼拜都过去了，
重复相同的节奏，
每日不同的感受，
有时候也不知道为什么心里很闷，
就算在阳光底下也觉得
刺眼的光都是阴云的化身，不友好。

每天的炮声都连续不断，
笔芯也在连续不断更换，
我也在连续不断地醒来又睡去。

年就这么过了。
沙莎还是没有改变她的主意，
她俩找我的次数越来越稀少，
上午都不来，下午二三点才来，晚上来了我却在上数学课。
她们一定感觉没意思，
所以在我想和她们一起放烟花时，
都不会一起来。
我以为三个人在一起的除夕之夜成了空想。

就这样吧，我想我又能改变得了什么呢？

开学回去后绝对的恶战啊，120%。
这我也不能改变，
想到艾未未说的那句
在我心中回荡万遍的话，
"我害怕，非常害怕，
但必须去面对它。
如果你不去面对它，
危险会变得越来越大……"
我想我也是吧。

现在，窗外阳光普照，
什么都看不见，
都泛着金光。
墙头的雪未化，
虬干上的枝芽未出。
我在屋里，
感受不到屋外的风，
玻璃都挡回去了，无语。

我可能想对世界说什么，
总要欲言又止，
便静静地观察着，
看着一草一木的变化，
我笑着望这没有颜色的天，
像酸性的布遇到了酚酞，
变为无色，无色，无色。

瞳孔失焦，收回。

2013年2月11日

LIFE MAKE STUDY LOOK HARD

啊！炮声不断地从遥远的地方传过来，
像笼罩在一层布里发出的闷响。
这一天又结束了。

姥姥语重心长地对沙莎说，
真要去干活别被别人给骗了，
实在要去跟着你妈匝包儿去……
说得我挺难过的。
我们三个好姐妹，从小一块玩到大
谁都舍不得谁。
脑海中浮现了小时候我和沙莎一人一条裤腿的"有"爱情景，
但谁都回不去了，那是我们过去的回忆。
长大了，虽记不起每一个细节甚至画面的每一块该填充的色彩
但似乎每想起来总会纯真一笑，
笑我们年幼的情谊那么深，那么好。

将来我和凯丽有出息了，
一起养着沙莎，
一起找好工作。
所以，我更坚定了中考要考得出人头地的信心与信念！
TMD 加油，为了朋友能长久，
为了妈妈、姥姥等亲人的辛苦与期盼，
为了我，自己。
这么多年的努力、奔波、劳累我一定给拼了。
真心的，TMD!

不是说努力三年，只为三天吗？
那一定要把这三年中的精华提取，
在这三天淋漓尽致地发挥，一滴不剩。

记得以前大冬天，六七点钟，
姥姥就去开大门了。
凯丽来找我了！
那时我还窝在被窝里沉睡，
有时一睁眼，发现凯丽在悄悄地看着我，
看到我醒来，微微一笑，
后来打开电视，看老掉牙的还珠格格。
她总要陪着我穿好衣服，
再看着我吃好饭，
再和我一起写作业，
等着沙莎的到来。

现在却迟迟不来，长大了
可能不觉得整天腻在一起很好玩了，物是人非吧！
每天这样过去，新的一天再来，
总有一天，三个女孩的手
会重叠在一起，
"我们回来了！"

不断发奋努力中，
明天总是充满希望的！

2013年2月13日

冬天

冬天的悲凉不在于气温的低迷
而在于每当这个时候，
就是一年的终结。
很多人都选择在这个时候
告别自己的家乡，告别自己的童年，
告别自己的恋情，告别这个世界。

大雪可以把一切都装点得干净而原始，
它把一切都温柔地包裹进一朵小小的绒花，
它开放在最远最远的山泉边上。

就像你别在领口上的那枚冬天。

2013年2月21日

春天来了

我也不知道是冬天太短，
还是时间太快。
一转眼
春天来了。

这儿的树叶很少凋落，
自然不会明显地看到万物复苏的
欣欣向荣的景致。

可心里的花儿会开。

希望阳光能照到这里，
沐浴着我的幼芽，
不求遮风挡雨。

期待着，又恐惧着
同时也感到束手无力。

2013年2月23日22:32

我是多么害怕失去

7 点半，被妈妈的惨叫惊醒。
梦里梦外的，妈妈走楼梯突然叽哩咕咚，
"啊……！ 嘶……啊……"

"妈妈!!"
我一下跳起身，
鞋也不穿，穿一件秋衣
奔出卧室，走下楼梯
妈妈扶着腰站在那里。

我听见血液扑通扑通跳了，
就在太阳穴这儿凝固了，
刚才叫的一声"妈妈"
还在脑海里回旋。

我是多么害怕失去
这个站在面前疼得呲牙裂嘴的女人啊。

2013 年 2 月 24 日 10:33

让我来演绎一首十四行诗

让我来演绎一首十四行诗
也许它并不是正好十四行
但却包含了所有的无助与忧伤

我铺开卷帘看到了自己
你为何这样我的孩子
泪浸泡了你的瞳仁我都瞧见了自己
我看见了你抽动的小心脏
上帝啊，你看哪！
这个对前途惧怕又紧张的孩子啊。

请你摘下你花园里的香甜的花朵
栽在她芬芳的心上
抚平她波动如浪涛的情绪

"我照做了。"

让我来告别这与我无关的一切因素
我的对手只有我自己

哦！这完美的十四行！

2013年2月25日22:09

谁不曾做过小偷

谁不曾做过小偷
悄无声息地将别人的笛子
以,
迅雷不及掩耳之势
塞入袋中
在离开住所的途中
吹起了不成调的曲子
妈妈问起
只道
它自己……不小心跑到我的袋中

从此
这件"战利品"作为小儿品格恶劣的见证

谁又不曾爱慕虚荣
流行的东西在耳边传疯
明明一知半解
却仍要,
装作满腹经纶
从未到过的地方
开口却是,
我去过那儿,真了不起的口气
只想让别人崇拜夸耀
就,
必须要付出,

谁又不曾是年幼无知的孩童
上帝啊，
看在他们纯洁恬静的睡容上
宽恕他们吧。

2013年2月27日 22:08-22:21

自导自演

暖风把冷风吹走了
冷风把暖风吹走了
我们都还在呢
怅惘地看着时间留下我们自向他处
焦急地张口说话却无法喊出
我要说别走，别走
为什么我说不出？为什么是徒劳？为什么我无法发声？
"啊。"短促的一个字，梦惊，梦醒。

我一个人带着被子到树林中
天黑了，雾却浓重地铺展开来
我找不到出路，在突起的坎儿上
落满黄树叶的坎儿上
铺上被子，躺了下来
也许是异常清冷，我什么也听不到看不到
压紧了被子我极力强迫自己入睡
但在昏昏沉沉的时候
却
感到一样东西在向我靠近，它有五官，喘着气
我眯着眼睛看到是头狼
我一个人没有武器，有只 iphone4s
这狼蹿起要扑上来
我伸出手机竖着放入它的牙齿间

卡住了

我用力踹了它一番，它半张着碧绿的眼眸
手脚蜷缩在一起
突然闪过一个人的面孔
我，
好像在哪里见过

也许没有，但我知道
这个梦证实了一件事：我的 iphone4s 真的很坚硬

2013年3月1日22:38

我的头发[1]

我的头发不长
垂到肩膀刚刚好
扎起来像兔子尾巴
就这样挺好,多之一分则嫌长,少之一分则嫌短

我极力想留住这截头发
这是唯一让我骄傲的东西
因为它,是我唯一的长处

2013年3月2日晚

---

[1] 初三紧张,妈妈嫌我太磨蹭,让我剪掉长发,作此诗。后来,头发还是剪了。

窗外，我想象

窗外总是哗哗地响
我想象着深更半夜的公交车从站台驶过
轮胎溅起水花洒在绿化带上

我想象也许云雾缠绕着繁星
它们慢慢运动时远时近
穿过云层，发现这世界像一个皮球
许多小型玩具像在球上吸住了一样滚动

我想象着姥姥和姥爷的二重奏
也许正在和谐地进行着，余音绕梁
想到这儿
才发现已经很久没有给他们打过电话了

我想象也许我该去梦里重温，我的过去
我的一切往事，回忆
在梦里会历历在目
就像过往云烟，一挥就散
可也说不定

晚安，哦不，早安世界早安三月

2013年3月2日 00:08

264

两条轨道的中央

难道，长大了就写不出那么天真的儿歌
那么欢快的调调
那么多拼音组成的句子

"二零零五年五月八日：今天 kai li 来找我玩啦，带着她的日记本……"
我看了日期好久，好久
忽然很心酸
——我成长了 8 岁
那时方方正正的大字占满了整整一行
标点符号规规矩矩包住了字儿
又忽然明白日记在人成长后，回首再看，催人泪下

我好像沿着轨道行驶，仅此一条不会变道
我用大小不同花样各式的本子写下沿途美好的、忧伤的事情
写完一本丢进车厢，写完一本丢进车厢

奇怪的是，有两辆一样的车同时出现
我分不清生活的假象，一头撞了进去
我看见两辆背对背的列车同时离去
车轨有了不同的转向
最真的那辆，载着我所有儿时记忆，越跑越远，越来越抓不住它
最假的那辆，盗取了我生活中的欢乐、文字
全部偷走，
现在我正站在两条轨道的中央
等它回来
我就找回属于自己的快乐

2013年3月3日22:51

SOMEONE WILL GIVE UP, BUT SOMEONE ALWAYS TRY

Someone say hi, someone say bye
Someone smile, and someone cry
Somone will give up, but someone always try
Somone may forget you, but never I

忘记了哪里记下的文字，这是我最喜欢的一段英文
就像人的一生，包括了一切，
生活中的喜怒哀乐，相聚离别，
事业上的前进与退缩，
感情上的爱恨纠缠。

天气转暖了，我本坐在屋里觉得冷，
以为阳台门开着而吹进来的冷风，
起身去把它关上，
发现我错了。
屋外要比屋里暖和得多，
潮湿的空气，温热的在我的记忆里
几次要浮现出来的气息竟然就在那儿了！
我是多么留恋这奇特的感觉和味道，
它们迅速地
充溢了我身体每个死去的细胞，
促使我用力地跳起来。
我把双臂举起来，用力蹦起来，
双腿弯曲，即使大腿肌肉酸痛可我哪管得了那么多，
我要跳起来！

I want to stay up all night and jump around until we see the sun,
Hold on to the feeling and do not let it go.

这忽高忽低的感觉
让我又对世界充满了希望。
活跃，向上，
即使是寂静的黑夜里
我也能感到在暗中渐渐聚集起的力量。
将破晓绽放！

2013年3月8日

夜风

夜风又狂卷着暗中的空气
我总是想象着这时被风刮起来的衣服
树叶摩擦着空气振动着
太阳运转着,在看不见的地方,在我的脚下

有些往事还在眼前
还能想起那天的太阳,大家脸上的笑容
我穿的茶绿色的裤子
温暖的晨风,将要热起来的空气
体育课后的空隙
踩过无数遍的星海桥
一起经历的无数夕阳
计文杰优雅的兰花步
午饭后四人团体奔向操场
在双杠下接歌词在树荫底下说这说那
和初一的小朋友斗气
那么难忘的篮球联赛

很少被监视被统治的十一班
很少被找出去一个个谈话的同学
光明磊落的他们,心地纯真善良的他们
团结友好的他们,从不怀疑任何一个人的我们
回不去的我们

正因为回不去,不然如何会怀念?

让这阵好像会持久刮下去的风
带上我的只言片语
填补死去十一班的空缺，恢复他们的记忆
我将为他们唱最美最纯洁的歌
请不要打断。

2013年3月10日00:16凌晨［早安good morning］

倒计时：九十七天

双休日就这样过去了
时光我拿你没办法了
现在我要撒丫子追你了"Wait！！！！"
不打的不乘公交 146 不骑车
只用脚！！
我要追上如风行般的你
甚至再超过你
昼夜不息地狂奔着
跑在月夜中，跑过古老阴森的城堡
跑在淅淅沥沥的雨中，跑在轻盈如翼的雪花中
跑到肺要炸没
我也要跑
跑到星星低着头看我——为我照亮
跑到太阳不转——只为我带来暖暖阳光
跑到花草贴在衣服各处
跑到树木年轮又深
跑到山穷水尽
跑到东京的樱花落了又开
跑到从前的记忆做一个隐形人看看小时候的自己
在她做错事之前啪一记抽醒她——"不要做错太多事。"
跑到灵魂散了
零零碎碎星星点点
跑到魂飞魄散
跑到生命的尽头
跑到世界轮回的那一端

再从那一端跑回来

这回的人

谁都还不认识。

2013年3月10日22:50

我们把世界看错了,反说它欺骗我们

We read the world wrong and say that it deceives us
我们把世界看错了,反说它欺骗我们。

没有人知道他的死讯来自何方,也没有人知道他死在什么地方。
我看着白鸽飞向远方,教堂前喷泉喷出的水形成了一把小伞状
树荫下的阳光残影是被切割的破错时光

夜晚又来啦,寂寞在花蕊中绽放

"哧"的擦燃一支火柴,火焰恍恍惚惚地摇曳着
大街上人来人往。我看见女孩红火的衣裳
不停旋转像竭力绽开的花
他死了。
没有人质疑,大家说,"这就是真相"
原来的担忧不安和窃窃私语都顺着时光迷失在路上

我掐了一朵白玫瑰,别在胸上
闻见它淡淡的味道,我想起树荫下小小的光斑和墓碑

We read the world wrong and say that it deceives us
我们把世界看错了,反说它欺骗我们

我拿着一枝白玫瑰,哼着小调往家跑

2013年3月11日①23:40越来越晚啊

---

① 三天后,3 月 14 日,一个初二的男孩子,跳楼自杀身亡……此诗灵感来自林不渝的《开膛手杰克》。

272

HOPEFULLY, EVERYTHING WILL BE FINE

"你怎么变成这样的人了？"
是我变了吗？
当你发现周围一切不那么称心如意了，
我不按你的步骤走了说的话做的事明明就像在跟你做对了，
你却开始说我变了。

是我吗？
哈，我自己也不知道，
也许是变了。
但是，是你们改变了我
是我所处的生活环境、经历与承受的事改变着我，
也许好，或许坏，
社会在吞噬着我。

倘若社会是黑洞，
我必是光。

2013年3月24日 00:14

当你活不下去的时候

当你活不下去的时候，
回头看一看
回到从前看一看年少的自个儿
活泼天真

当这么多碎片反射出很多张你现在的脸
你能感受到吧
不知哪里来的柴火堆在燃烧
不知哪里来的太阳在冉冉升起

搔得痒痒的
——不在皮肤之上，挠不到它的！

我比昨天的我睡得又晚了
我比昨天的我看上去又劳累了

我永远也回不到昨天的我
昨天的我也被时光戴上手铐
关进了大牢

即使五千四百七十五个昨天的我
在黑暗的牢笼中哭喊
令人头皮发麻

我真的不能回头救昨天的自己

我会往前
把你们，也是我，来拯救。

2013年3月27日23:16

三月的风筝

三月末买风筝
在天边收回线
掉回脚边
还带回
许多飘散在角落的
爱

白线沾满水珠
从高滑到低
伸手
"叭"
接住

站着，凝望
它往上风拽住它
左摇
右晃
撞上了一幢高楼
软软地搭在窗上

"爸爸　有风筝"
他伸手去拿
它动了离开了这儿
他想留住它去抓

他和风筝一起在天际
中
划过
像璀璨的流星
短暂的年华

风筝盖在稚嫩的面庞上
它飞累啦

2013年3月31日21:55

只是近黄昏

"Game Over. 再也没有春游啦，最后一次啊。"
"高中还会有的。"
"再有就不是这群人啦。"

我怎么记得早上还站在三楼走廊的尽头
看着校内路上稀少的学生
阴暗的天空
熟悉和不熟悉的面孔

又怎么一下子，就看着夕阳无限好，只是近黄昏！
篮球场上挤满了人
好听的进球声。
路上一片白花花的人群，不一样的背影
背着不同轻重的负担和心事

侧耳，昂头，挽手。微笑，低头
回首，再向前。

夕阳那么刺眼，那么醒目
我们那么忧伤，那么怀念

记最后一次春游
西山牛仔俱乐部，没有骑马，没有打真人 CS，没有体验高空绳索
却一直烧烤，老师在陪着我们
　　　　　　也许诺我们：中考完带我们去唱一天 KTV

我喂老师吃烧烤，她叫我"小寒"

快乐的时候，时光一直都很短暂，它飞走了。

飞到山的后面，河的南面，海的里面。我心里面。

2013年3月29日16:28

真不愿到头来一无所有

其实我本来以为我不擅长数学的，根本无法在这门学科上站稳的，
但是事情开始不对了。

我在这上面有起色了，
甚至进步得让孙老师激动地到妈妈面前表扬我一番。

但当我过去在这门学科上无能为力时，总是习惯拿起会生出一大堆文字的笔，
抒发我的情绪感情，一遍又一遍地鼓励跌倒的自己，但我总是很快又倒下了，
我坐在原地好久，
看着周围的人腿上缠着好重的沙袋，汗流浃背咬牙切齿地往前挪动。
我迷惘了。
甚至迷惘到下一次摔倒不知道要站起来，站起来不知道该往哪儿走。
我迷失了。
我在题海中不停地寻找自我，我常常绕着圆规打转，常常感到累。

后来的后来，我不再常常拿起这支笔，而是转身走进黑暗处。

当我终于在黑暗中打出一丝光亮，反而有些不习惯。
在暗中待久了，面对突如其来的光，不知所措。

我以为我不擅长的东西，我开始擅长了。
在我不擅长它的时候，我拼命在另一方面发展。
当我想重新找回拿起笔就思如泉涌的感觉时，已经减弱了。
这个长处在渐渐磨短。
以前的短处不再短，但我又不能保证它的长势越来越好。

真不愿到头来一无所有。

蒋方舟也许是在数学上一点都不开窍，所以她可以全部投入到文字中。

我就不同了。

2013年4月18日23:11

就这样长大了

风云变幻，时光飞逝，
冷冷的风吻过我的发梢，轻柔地掠过眼睑，穿过
手指的缝隙，把忧伤和疲劳携走。

我们就这样长大了，
在无数个旭日东升的早晨，
瞌睡连天的晌午和金色阳光
挂满天的暮色里。

体育课看着初一初二孩子们小小的个子，
在那里蹦跶啊蹦跶，啊，也许
没有黑鼻头，没有眼袋和多余的肉。
他们的腿又长又细，脸颊通红。
头戴发卡，马尾在背后甩来甩去，
抬头望向蓝天白云，鸟语花香的世界，
一切还那么美好，都还充满希望。

那是他们的。

也许是他们抱怨的现在，
但却成了我们永远也回不去的曾经。

天很干净，却有我看不见的东西在潜伏。
我听到了你们说加油就快到了，
我回头，灯又熄了。

安静的地方，空旷的心海
只能听见脚在麦秸上微微挪动的声响。

在暗中前行。
在黑暗中强大。

2013年4月24日00:00

浅

我们生在这么美好的时代，见证了那么多的花开花败。

每天回到家准会打开电视准时看铁臂阿童木举着手臂在电视机里飞来飞去，
吃饭的时候总少不了《家有儿女》里"我叫夏雪！我叫夏雨！我叫夏冰雹"！
总是吃着饭也跟着电视嘿嘿傻笑。就有了"电视傻子"的称呼。
我们玩一种叫"溜溜球"的东西，拉着线弹上弹下，
还收集五颜六色的玻璃珠，吃刘谦做广告的方便面……
那时候还是夏天，我们不知道要抹防晒霜，
也不知道我们以后会有一个"90后"的称呼。

我们看遍了所有《西游记》的版本，能熟练地说出每个情节，
却不知道《西游记》被放到了中考考试范围。

我们不知道有美瞳这种可以把眼睛放大的东西，
尚未接触过没有镜片的眼镜框，
不抹指甲油不爱自拍。

那时候花儿准时绽放，白鸽准时飞来，香樟树准时暗放幽香。
那时，太阳无时无刻不在照射着我们洁白的牙齿
那时广播体操是雏鹰起飞，我们手臂张得像鸟翅膀一样，忽闪而下。
那时的周一有升旗手，在国旗下讲话是很光荣的事！
那时有我们爱吃的"绿舌头"冰棍
那时女生十分威武，男生经常被掐得青一块紫一块从来不还手
那时还没有 iphone

284

那时我可以在蛋糕店等上 2 个小时，为妈妈买生日蛋糕
那时我的理想是当一位女天文学家
那时到 KTV 唱歌总是点隐形的翅膀……
那时我们不懂离别，也不知道什么叫以后。

直到 2008 年汶川地震，我看见了那么多花花绿绿的书包藏在废墟下，
看见那么多双稚嫩的小脚丫一动不动地露在掩盖着尸体的布外面，
直到看见母亲撕心裂肺地哭喊
自己孩子的名字，可却叫不醒了。

等到了 2010 毕业那年，我又再次感到了离别。
我第一回的离别，不是在 2010 年，而是 2007 年，
那年我离开了家乡。

2013 年 4 月 29 日 Monday 18:45　一个人的祭日

我是一朵小奇葩

我是一朵小奇葩
住得最近到校最晚
醒过来可以在床上发呆
足足四分钟

我是一朵小奇葩
可以在梦中和妈妈对话
让她在楼下
以为我已经在按照口中的话
起床啦
可我是一朵小奇葩！

我是一朵小奇葩
别人以为我理科略渣
可文科不会差
呀！他们都错啦！
你想想，我是一朵小奇葩呀！

我是一朵小奇葩
虽比不上太阳花
可也不比她们差
奇葩天性快乐笑哈哈

我是一朵小～奇～葩～

2013年5月6日22:55

七八点钟天空仍蓝得清澄

我总想着将手指划过干净的天空，留下一道道划痕
就像彗星扫过天际的尾巴
就像飞机留下的白线
就像在脸上未干却的泪痕

蝉在叫，热血在沸腾
怎么说呢，不是我想过的夏天吧

缺了什么或是多了什么
我丢失了自己的灵魂吗还是……？
"她离家出走了。"
她去听风，去看海，去倾听心碎的清脆
去看那老掉的叶飘落一地，"沙沙"，"沙沙"

2013年7月10日

风起云涌

妈妈叫我亲爱的
还让我写首诗
说写完给姥姥打个电话
然后外面刮起了大风
树揉在一起
发出沙沙的声响
我听见落叶在凋落时欢笑
云朵在移动时欢笑
看见细菌在空气中欢笑
然后我也咯咯咯笑醒了

2013年7月13日21:50

我们手拉手一起回家

我们手拉手一起回家
她的手很软很小
她的声音很好听
她的白皮肤和浓浓的眼睫毛
和她走在一起感受着晚风的抚摸
就像我领着一个小公主走在风里
就像穿过竹林走，彩虹挂天空
就像在海边吹来一阵舒服的风带走所有思绪
就像在午后沐浴着阳光
不像夏日那么炎热不像冬日那么寒冷
就像在忧郁时心中涌过的一曲熟悉的调子
就像天气闷热时来的一场润过心田的雨
就像一个定心的眼神，就像朋友的轻轻一句"再见"

就像此刻，我看着窗外所拥有的迷惘忧郁的眼神。

2013年7月17日20:45

晚安

晚风挑动黑夜里
渐渐沉睡去的人们

于是人们
思绪翻滚
睁开眼瞧见
投到墙壁上的灯火阑珊

正正方方的窗户形状
晕黄的灯光
如影如泪
漂浮在墙上
睡眼蒙眬
是梦一场

蝉对叶子讲
叶子沙沙
覆盖住了（liǎo）

孩子对大人讲
车子驶过
覆盖住了（liǎo）

只有
小寒对妈妈讲

这会儿没有大树和汽车

"So,where is my goodnight kiss？"

2013年8月14日23:06

我床头有只熊

我床头有只熊
不知姓名不晓雌雄

它总朝我微笑
当我从梦里惊慌地醒来
当我从屋外怒气冲冲摔门进来
当我挑灯夜战

它会在夜晚站在床头
从剑鞘中拔出它锋利的剑
果敢地指向
朝我涌来的暗中恶魔

我依旧睡得香甜。

它有肉嘟嘟的身体
以及，对我来说体温永不变的，
温暖的熊掌

它看到我所看到的
听到我所听到的
甚至，与我感同身受

你戳戳它
"它根本就是一个玩具熊啊。"

我知道，当然知道

我晓得它不会讲话，它不会微笑，它不会呼吸
它没有明亮的、会眨呀眨的双眼
我还知道，它不会在黑暗中站上我床头
更不会保护我

它对这个世界毫无感知
感觉不到灰尘轻落，阳光普照，复杂人心

这是我的猜测
有很大可能
就是——
它知晓我们从未知道的。

2013年8月15日22:45

在异地他乡

在异地他乡
不熟悉的植物
不习惯的天气
分不清东西南北
搞不懂地铁换乘
一切都乱得像梦

深圳的太阳奇怪得很
他出现时不会携上云彩

空中就只有他
苏州每次都是又有太阳又有好看的云彩
深圳靠海，云彩缠绵，也低

天气潮湿
雨说下就下
也许他很享受人们惊慌失措躲避的样子

深圳树多
我行走在深圳
就像蚂蚁
行走在草丛里

上海的地铁
发动引擎声

好听
就像能量递增的感觉

深圳的地铁
比上海温柔
但比苏州猛烈

苏州的地铁
就像在地下撑船的女子
温柔平稳。

2013年8月19日00:00

到站了①

有一肚子话要说，可是写到纸上只化作一个"唉"

我站在午后烈日下
等到一班车
可我发现方向是反的

后来，我习惯这错误的风景
朋友们到齐了
可到站了。

我下了车
和路旁的垃圾桶
还有我的行李箱，站成一排——起风了

我错误地想着自己在错误的地点遇见了错误的人
错误地看到橘黄的太阳光
　　　　布满黄土的大地
　　　积满身灰尘的黄木屋

我回报这世界一个错误的转身
踩下的脚印已被满天的黄土掩埋
我错误地望向两头
轨道都错误地消失不见

———————————

① 初中生活结束，我上了高中。从此，妈妈开始做我的语文老师。

既然友谊不能长久，那
为什么要相识相知和相爱
这为什么不被称为生命中的——错误
为什么成长不是一种错误
为什么靠近再疏远就不是一种错误
为什么我偏要面对比别人多的悲欢离合就，不是一种错误？

我沉浸在太阳从西边升起的错误里
沉浸在打喷嚏可以睁眼睛的错误里
沉浸在诺言不会兑现的错误里。

错误像天真的孩童吹出的泡沫
被稚嫩的手指触碰
"叭"
到站了，
"我做了好多好多梦呀妈妈。"

2013年8月31日22:01

297

你叫什么呀

当六七点钟天色终于黯淡
当早出的鸟儿在夜幕里呼扇翅膀
降落在巢中
当蝉鸣已不知何时退去

我以为秋天到了
热烈的夏季是彻底消散
消散在夏末最后一场雨里

就像房顶的烟囱
轻悠悠地飘上来
却被一阵小风吹得好像
它从没存在过

音符粘在汗水上
文字与人类同呼吸
符号垂挂在树梢上
我的灵魂却飘散——
飘散在热空气中
昏头转向
把音符擦干，把文字归位，把符号摘下
手忙脚乱
流了好多汗

夏的尾巴太长，
与秋共存。

2013年9月11日

宁静牵着喧嚣的手

当周围宁静的，只有水波来回冲刷着墙壁
我凝视很远的橙色灯火
水中有它们的影子
片刻的宁静
甚至连脑海里浮现一个人的身影
也显得
那么喧嚣

仍不肯睡去的虫儿
　水里吐泡泡的鱼
　　　在云雾里穿梭的月

那么宁静
像一颗石子被掷入深潭
又那么喧嚣。

2013年9月15日

剪影

灯泡因为开得久了，烫了
饭菜因为放得久了，凉了
潮水因为等得累了，退了

我还在期待突然的烟花
　还在期待流浪的猫儿跟我回家
我，还在沙漠中求一场雨
　还在机场里等一艘船

当周围，没有海水淘沙
当我望向天，没有云朵遮阳
当我回头，来的路上布满荆棘

不，不，不
我不能后退，走过的路都碎成石块
像剪碎了的爱

2013年9月20日00:09凌晨

荒凉之上

生活总是会在我以为将要
宁静、幸福地进行下去时
它倒退，它错乱，它不可理喻

我的灵魂有空缺
刺骨的寒风呼呼地进来填满
让我千疮百孔
它满意了

我的尸首未干
被遗弃在昏黄的海岸
成群的海鸟围绕
它们满意了

我的躯壳挂在树梢上
灵魂压在岩石下
手指、大腿、胳膊
有的归还土里
有的融于大海
有的消释在光里

吃吧快吃吧
趁，
尸首未干
趁，
余温未散

我们都好爱你
所以，
要吃掉你

——你满意吗
——不，还不。

等时辰一到
灵魂，我的——
我的灵魂将与火苗共舞
与整个夜晚狂欢

我的躯壳将升起在月亮旁
灵魂将把岩石高高举起
摔向大地——带来束缚的碎裂宣誓

手指、大腿和胳膊
将归回原位
做回自己
——毫无保留地再将自己深爱一次

每个——
自己在几度空间浮现
亘古不变，浮现。

是，在荒凉之上，
荒凉之上。
　　荒凉之上有日有月有星斗
　　——有每一个旋转着，找寻着的，
　　自己。

2013年10月2日23:08

闲趣^①

我在找，
蚯蚓的眼睛。
我在想，
它是否真的不在乎有几个自己。
支离破碎的它扭动着，不像挣扎，不似逃脱。
不知怎么，我感到快乐。

大树摇晃枝桠，落下许多红色果实
它咧开满是皱纹的沧桑的脸
笑着对我说，这些都是你的，拿去吧
而我只是抚摸着它粗壮厚实的树干
刻下了一颗爱心，留下了一地果实
不知怎么，我感到快乐。

我与黑夜相拥
凝视远处星星点点的灯火与倒影
聆听身后虫儿的梦话与摇篮曲
想象着离我几亿光年的绚烂的星河
感受着此时在天地之间、昼夜之间
无数个支离破碎的自己
他们在空气中飘浮、倒转
立在路人黑色的伞尖上
看不见的是我，看得见的也是我
和蚯蚓一样没有挣脱

---

① 此诗系参加苏州工业园区现场作文大赛所写，《闲趣》为现场命题。

只是不知为何，很快乐

我疾驰着车子从水洼上骑过
好似大自然的马
此刻听不懂身后人类的指责
只知向前——自己的鬃毛被风儿拂动
自己的长尾与啼声相应
自由的是我，不自由的也是我
不去顾虑惩罚与躁动
只是在那一瞬间，我很快乐

我停在十字路口
望着街头车水马龙和忽然耸起的摩天大楼
这座城市汹涌如潮
"咕咚"，"咕咚"，将回忆灌满

我在水中抱紧我的回忆
却如时光在指缝中溜走
我曾看过人们湿润的双眸
和流下那一滴泪时美妙的瞬间
我曾见过花儿因触碰而合拢花瓣
和婴儿一般娇羞的容颜
我见过新生的嫩芽、奄奄一息的老人
还有午后静谧的阳光与落在掌心的雪。

这比不择手段得来的欢呼与光荣
快乐得多
比在灯火阑珊处不明白该如何存在的人
幸福得多

那晚天气阴沉
我望着楼与楼之间的空隙
望见了一片浓厚的云

不知怎么
我听见了云上的我在笑在闹
小小的我
拾起一粒石子
眯着眼睛,猫下腰
掷了出去。
石子一蹦一跳,在水面上落下好几个水晕
它好似一列偶尔靠站的火车
载着我,
从幼年、童年再到少年
直到今天的我。

2013年10月26日 14:50

我忘记我怎么想你的了

我想你的时候

大脑成像吗

只有脸吗

你是站着

还是坐着

跟我说话不

脑海里有声音吗

还是就只有名字来着

我为你想出了一个绿沙发

你累了吧

你喜欢吗

2013年11月03日23:09

捲

一

他眼里有黑夜
我眼里充血
他斥责夜晚
让我整夜难眠

二

你说星斗在转
我只看到你眼里的星斗
我抬头向上——
是一片湖

三

你一路抱着风
一路冲下山坡
哪儿去呢?

四

是海风吗?
那咸咸的
不呢,是泪水煮熟的香

五

我还是不要再找那片湖
也别再品尝那泪水
也别再坐在这里。

2013年11月10日22:10分,11月11日前夕～

在路上

走几步摔一个跟头的小孩
手舞足蹈，咿咿呀呀
我低下头亲吻她的额头
"哎呀宝贝，你也在路上。"

少年满身是痕
他撕裂的心，麻木的面容
我按住他颤抖的肩
他只是抬起空洞的眼
"啊，他也在路上。"

白发老人满脸汗水
他那走过崎岖山路的双脚，
不可直挺的背
和皱纹如山脉般交错的脸
我握住他布满茧的手掌
和我们一样，你也在路上。

我看见倒映在水洼里的我
看见烈日炎炎下体力不支的我
看见睡梦中的我
我在路上，
在从梦回到现实的路上。
——在路上。

2013年11月10日23:54

无题

就好比跳房子
他们都一格一格往前跳
界线都出现在他们眼里
他们不会出局
而我呢
在空白的大地上
蹦来蹦去
每跳一次都是出局
我们完全不在一个世界里

2013年11月14日

年龄①

海仰躺着
风掀动她的肚皮
星星问海，你还记得自己吗
海说，我从未见过自己

天空脱下纱衣
掩住孩子洁白的胴体
鸟儿问天空，是否还能记起那广阔的你
天空说，我早已忘记

风，轻轻敲打着小村庄的窗
她坐在农场的谷子上
小声地问着村庄，
可还记得石板路和报晓的公鸡
村庄抱歉地说，他们偷走了我的记忆

雪花包裹了大地
雾霾中的城市银装素裹
"这空空的城啊……"
没等雪花说完，城市回答：
别问啦，无论是之前的我还是现在的
从未记得

一切都站起来

---

① 此诗系参加苏州市"中学生与社会"现场作文选拔赛所写，《年龄》为现场命题。

追赶。
我逃离同样的地方
踏着年轮、皱纹和伤疤
我被缩小了，它们被放大
我从它们身上走着
火说，给我吧，我能把它熔化
水说，给我吧，我能将它淹没
我只是喂些面包屑给鸟儿

打听到风儿掀动着海的肚皮
打听到冬日太冷夏日好忙
打听到回忆改嫁
打听到僧人敲钟——
敲在心房

只盼打猎人归来
偷听他悦耳的哨声
瞧他低头擦拭枪口的模样
我一头撞上了窗
心像小鹿一样乱撞
可他举起枪，将我射杀，如射鹿一样

我拦下迷雾里的一截车厢
将它急忙塞上
等待这沉静的铁轨
再次如少女胸怀一般
滚烫

我问醉酒的老水手
你说，它会回来吗
他举起无力的胳膊
你看，等这海豚再来——
就回来了

——你说的海豚在哪儿呢?
　　是夜太漆黑我才看不见吗

我问飘落的雪花
你说,它什么时候回来
它说,等你找到一片
和我一样的雪花——
就回来了
——每一片雪花都是独一无二的
　　没有一片雪花有第二个自己

我又遇见杀死我的猎人
一个落叶的季节
我来到他的小木屋
"你是否想过"他说着,搬了把椅子给我
"也许你多年来所保护的
早已不是它本身"

"你拼命保护的伤疤
——它早已愈合
可悲地,只有你一人在怀念

"你拼命伪装的自己
——她早已足够坚强
可笑地,只有你一人在逃避

"还有,你拼命保留那年轮的时光
——你早已不需要它来缅怀或是悲伤
你只是习惯了一切的奋不顾身
在这个年龄。"

颤抖的歌声
刺骨的寒风

真实的感受——一次次被撕裂
穿好衣服，再一次次静悄悄愈合
舔舔干枯的嘴唇
向四周瞄一眼，确认——
这事谁也不知道

即便从高楼坠下的不是我
在铁轨上死去的不是我
但好像，
这么多事故中
次次痛苦我都感同身受

原来啊——
死海并没有死
不听话也不会有大灰狼抱走你
也没有花仙子和白雪公主
每个人却必有一死

年龄增长
我好像海洋
也好像天空
迷失自己
我好像村庄好像城市
失去了金麦穗、石板路和小山坡
开始了一生的流浪
我是那失落的一角
永远不会大圆满
我是那丢了一角的圆
残缺亦是自我生长。

2013年11月16日

气得冒烟的我

每次和你讲话都让我感觉像
竹笋破土而出，像蚯蚓从
土壤中爬出，像蚂蚁啃遍
全身，像大风刮过耳旁，像
锋利的冬日的寒风，像刚烧好的水
倒在手背上那样猝不及防，
像经历一场动人心魄的车祸，像
坐在摇摇欲坠的楼房里无处可逃的孩子，像做了贼的逃犯
像家里没钱被人鄙视的孩子，像
音响开得震耳欲聋，像海啸
像一切躲不掉的灾难。

你就说我，各种难听的话。反正
我就是不如你们所愿啊，我不愿意迎合
你们所有人，不愿意让你们的期盼都压在
我头上，你生我出来之前怎么不问问我愿不愿意生出来
受罪？不适合这世界的人就该去死吗？
是我不愿意被指使还是世界不容纳我？

不要再这样做出你所谓的尊重我帮助我
你所说的每一句话都只会让我不想再站起来
我不会是第二个海伦·凯勒，或是史铁生，
我就是蒋筱寒。

你们大人自以为是关心啊帮助啊，其实根本

没有找到可以让我们接受的方式。

不想谈心，聊天，晚安，我头疼。

2013年12月02日23:41

看见，看不见[1]

我们总是活得
好像一切都能看见
以为他的哀伤，这冬日的朝阳与夕阳，
还有床底的熊娃娃都能看见。

"呼"有人吹熄了蜡烛
黑暗如终止一切对话的句号。
这寂静使我记起白天爬上发梢的阳光
那秋天里四分之三的雨水
四分之一的我和你。

孤单的火苗一闪一闪
无名的花香一丝一丝
远处有朋友的歌声和那座老房子
"来，一起跳房子"
他们拍手，他们跳
他们的每一步都落在画好的界限里
我却在空白的大地上，漆黑的长夜里
所走的每一步都是出局。

我看不见一块块方格
看不见火苗上方被烤得发颤的空气
我甚至看不见自己。

---

[1] 此诗系江苏省第十二届"中学生与社会"作文决赛作品，《看见，看不见》为现场命题。

我想一定是夜有问题
就把漆黑涂遍全身
找个没人的地儿躲起来；
我想一定是火有问题
就喂许多柴火给他
谁知火越旺，夜越冷。
一切房屋都悄悄矗立在夜里，小声商量
"逃吧，一起。"

黑漆漆的夜，如生命结束在夏天的知了
我闯进林里，众树歌唱
我跑进谷里，风声回响
我投进海里，我是谁？我还活着吗？
还能思考吗？终于安静了。
我像惨白的太阳掉进蓝色的世界
吞噬了光。
听，还有东西在响。

我想象沉默如鱼的呼吸
想象刀尖上跳舞的呼吸
想象蒸汽机粗重的呼吸
都不如这声音干脆、有力度
那不是别的
就是我的心脏。

当我醒来
我想我应该被白云裹着
光着身子
安着两个小翅膀
在园中飞来飞去，讨果子吃

我想我能享受百分之百的雨露

无尽的温暖与饱腹感
我可以做手工
把剪好的雪花撒到人间
不再受难或是经受考验
不会再摔倒还坚强地站起来

可我醒来
一切就像战败后的家园
未熄灭的火，破烂的桌布
抹上奶油的书，烧开了的水壶

在沙发上酣睡的伙伴
拉到一半的窗帘
还有只倔强的苍蝇一遍一遍
描着时光的剪影

我想起奶奶还没讲完故事就去割麦了
剪好的窗花还未贴上就快过年了
这家生小孩儿啦
那家又死了老太太
明天会好吗？昨夜刮风了吧。

心里的某个地方飘起了雪
她一点一点地
掩埋冻僵的尸体
晚宴过后的残余
和我的记忆。

等我再睁开眼
就是白茫茫一片
偶尔开出一两朵小野花
是叫满天星还是别的什么
像沙漠里乍现的绿洲

他告诉你说还有希望。
心脏还能再跳，像那晚的火苗
像鱼吐的泡泡

柴火在添
水在流动
都能存活，不会出局。

但
柴火不能让我燃烧
水滴不会收留我

撕下眼前和心里的幕，
和众树歌唱，
引领山谷的回声
再从岩石下取回我被压迫的灵魂
是我唯一要做的。

带上不怕被烈阳灼伤的心
带上灵魂与双眼，找回自己
迎接每天的朝阳、夕阳与自己的忧伤
是在看见的同时，看不见
但看不见的地方，用心去看见

为了收回自己的灵魂
为了让欲望不再横行
为了成全自己，让我看见。

2013年12月7日 16:25

无题

已被现实打压得说不出话来
看到被子上的方格也被卷进去
看到衬衫上的圆点也被吸进去
现在我一笔一画写出来的字如针一般刺入我的视线

别再给我打电话了
别再给我打电话了
别再电话那头带哭腔了
别再电话那头训斥我、威胁我了
别再这样了,停止你们一切的行动啊,停呀。

现在我每一次呼吸都仿佛有绳索勒紧我的喉咙
让我窒息
不停撞击的事实充斥着上下眼皮

若,你站在低谷,四周潮水向你涌来。
还没来得及发出声音应该就被埋没啦
身体里的空缺被填满了吧
灵魂开始有重量了吧

别再流泪了,
别再说任何话
别再伸出你救援的手
只要再多动一步
我脑袋里的定时炸弹就要启动

千万只小鸟又要叽叽喳喳
等一场潮水就要等一万年
也不知道是一万年，还是一天
却活了一万次
也不知道是其实没那么困难还是我想的不简单

究竟是命运是人生还是生活？

若是命运
"这就是结局，它早已定好"的说法？
似乎只要放电影似的快进
就能得知接下来已经拍好的剧情

若是人生
应该是种说不出来的东西
我打不出比方，找不到贴切的东西
像调色师所调出深浅不一的颜色
但又不完全是
像指挥家在领导整个乐团的进程
但又不完全是
像人类控制他们的七情六欲
但又不完全是

我还是说生活吧

若是生活
类似于小孩儿吗？
喜怒无常
上一秒还幸福地微笑
下一秒就被雷声吓得嚎啕大哭
生活总是在你以为将要幸福地活下去时
给你当头一棒
让你明白这就是生活

我还不想考虑我正在过哪种形式的生活。

我也只愿面朝大海春暖花开
也希望每天都有清晨的路，光明的隧道
有一个像金叹一样愿意为了恩尚不顾一切①
拼命走到她身边的人

还是都别考虑了，该睡觉了。

2013 年 12 月 17 日 23:26

---

① 金叹和恩尚，是 2013 年播放的韩国电视剧《继承者们》中的男女主角。

2014年·16岁

两个灵魂
一个走丢了，一个走回来
都在这里等着，
两个合起来才是一个完整的我

我害怕人们只关注坏的忘记了好的
又怕人们只看见好的而不停地赞颂我
可真实的我禁不起那样的称赞
——摘自《你为什么焦躁不安地徘徊》

傲慢

一

我不是陌生人
不属于自己，不归于你
对于麻木的情感而麻木
厌倦。清晨破晓，每一个——
唯独夜幕啊
悄悄放下他的尊严

二

诺言烦恼，是——
搁浅的鱼
错过潮水没有
不想知道

三

面具，匕首和棉花
穿透没有
不想知道

四

像捡起轻柔的梦

——当我捡起它
一眨眼
你会一直站在转角处
像士兵巡视般走动
比阳光还危险
比谁都温柔

五

没有主旨要表达
没有字词该理解
没有寒冷需防御
只该挡 101 颗子弹
为你。

2014年1月27日6:56

过年

从来没想过几点睡
不去记今天是周几
或是回想天气如何
忘记一日三餐是什么
没数今天喝了几杯水
想它干吗
但这么写下来确实…
想了一遍

2014年1月28日

FOLLOW SOUL

一

两首歌缠绕着
从他的身后飘来
啊
怎么还是后背

二

这些蚊子的世界
不也在和我们并行
"你想从我这得到什么？"
而我，——又能带你踏上哪条路？
救赎或是放任
像驱逐因美食而围聚的苍蝇
"呼啦……"
你还能看见什么

三

你说谎
我说我需走
在一个月之前，河流潺潺
未结冰之前——
就该

四

如果在今晚
我真的迷失了自己
哦……那丛林……
"我一生都为此奔跑，
怎能让我停下？"

五

你说行走于发间吧
我说好

2014年1月30日17:49

颠倒

一

头往右歪一些
别做小动作
保持微笑
右边肩膀再放下来一点
别扶眼镜了
自然点
预备——

二

那么无可预测的我呢
藏在门后的刻板上
那<u>些</u>
看了之后就又会喜欢上明天吗
——又会喜欢上明天吧
是不是因为我越大
　就越破碎
以及我无法到达的远方，都——
——不要，不要啊
——都沉睡在光海里

三

假如我倒着坐
哈哈哈哈
他们的鼻翼
一张——一合
他们抖落的灰尘
从我眼前反方向掉落
眼泪，无聊地流进发丝
脸变得通红，竖着
说出的话呢？
闹騞

2014年2月18日

记梦并有感于林森浩①受访

废弃的机场废弃的
舷梯嘎吱作响我降落
黄晕的路灯小水潭交错的人行道
未干的柏油马路
只是这夜晚夜晚的混乱

水潭上面天空里
有星团和书上看到的图一样
紫的蓝的白的绿的散着光
照得地上有些蓝
只是这夜晚夜晚的屏息
只有我和梦中的骑士不愿醒来的心
没有花没有草
漂浮着闪烁着无解的值
黑色的远方身在亮处
机器的回声孤寂啊

玫瑰好看的车子兜风
狗尾巴草摇摆
说着如果能回去一定会做对的话
还在前进还是错了
亦或许救赎不存在呢
我理解漠然漠然

---

① 林森浩，2013 年 4 月复旦大学投毒案涉事人，2014 年 2 月，一审被宣判死刑，接受采
访。2015 年 12 月 11 日，林被依法执行死刑。

说着我已折断了翅膀任我去吧这样的话
刀戟折断
血肆意于梦里
一个晴朗的周三乡间小路
月牙般的眼睛干净的我和我的未来
土壤雨水已不属于我
恳求黑夜的降落的我

你唱着歌
歌唱着你

多想停止这份窒息
却说着时间走了即使听到那样的歌也不流泪了这样的话
月光触碰
夜晚将你推的太远
留下迷离却流畅的降落的我

暖流雪花
矛盾的
放在一起这么好看
冷暖
西北的风东南的雨
行驶的火车走上一年
落魄的四季在那儿降落的我

不是适时的
无论言语时间人物地点
错乱的树根坏了的时间
一样如此的降落的我

如雪如雨如我

守着枯树脆弱的草地

小声自言自语着舷梯何时升起这样的话
却忘了降落的我
时间哪去了
却说着往下掉还在往下掉这样的话

若我不在唱你
歌在唱谁

2014年2月20日22:30

脚下的土地①

他本可能成为暗夜里掌舵的水手
每夜渴望橙子，和酒楼；
细咸的陆风像根脐带将他牵回
禁锢许久的灵魂，泪落脚下的土地。
总有人日夜兼程朝某处赶去
在旷野漂流，挣扎铁锁
露出藏不住的伤痕——却忘了
能治愈任何伤口的——脚下的土地。
一切，能看到的都不是真实的
　　　能听到的都是虚假的
　　　能整理的都是全盘错乱的
还能够确信的，剩下什么呢？
无数的舌头从脚下的土地冒出
辩解似的，说着什么。

2014年2月26日夜22:18

---

① 这是当日语文作业：以《脚下的土地》为题，写一首十四行诗。

得不偿失

我们大多数背覆着现实前进
遗落在路上的天真愉快
比不过生存的技巧与假面
只是说着丢了真可惜
继续在泥潭里挣扎

任凭胸膛里刚鼓足的勇气
像沙漏一般流失
那些是灿烂的，点亮了整片星空
却看不明白这样的昙花一现

他或许在烟花满天时
再次推门而入，"给我调一杯酒。"
不为相思不为己
只尝一口就足以落泪
"可能我只是想醉一下
啊，可能需要一句我也想你。"

但这期盼的日子
却不是我的年代
没有再多恐惧
"你不用担心，
只要天晴我就会笑的。"

2014年3月9日23:05

读《夹边沟纪事》

忧虑委屈漠然
已过去的是什么
前面有什么等着我
荒芜单一戈壁
起风了，矮房屋
粗糙的手掌遮住将刮进眼睑的尘土
已无力再呐喊
说着，我做错了什么
张口只能撕裂缺水的嘴唇
无言，转身
一脚深一脚浅地走过去
夜寒，孤独，星空
后来有一个这样的梦
坐上好几个时辰的火车
归乡
妻子过得不好不坏
父母健在
一碗温热的小米粥
自家的大土炕
绣花的被褥
后来再也没醒来

2014年3月2日23:05

那一部分

一

手中的乐器沉重得不真实
右手抚琴，抚出杂乱的音
音符迸溅，消失在哪个缝隙
你听见什么或是看见什么
将成为箭上的火焰
是我拉起弓
瞄准在奔马上的她
"逃了这么久，不愿再让你受累"
我闭上眼——
那些声音消失
她轻轻倒下，没有一点声音
"你为什么杀了你"
"那你又为什么杀了自己"

二

他们都睡了
不会使用双手双脚的人
走在街道上
提着灯笼，站在窗前
叫醒失眠的人们
和他们聊生活，聊起爱情
学会了走路

留下一句话，
"生命都会消失，
徒留一颗破碎的心"

三

无法叫醒的房屋
只是默默地
看着你的焦急
看着你连串的眼泪
也无动于衷，无动于衷
眨眨眼
天明。

2014年3月16日

昨天今天明天

有人说在昨天的日子基础上加一，就等于今天。
似乎我在浪费所有人的时间，为我一遍遍讲方程式
教给我怎么配平，一遍又一遍地问我懂了没有……
但我面对这些，好像快成形的泡沫，一触就破。
我是在浪费所有人的时间。一遍遍为我铺未来的路，
哪样更适合我；一遍遍对我无奈再重新扶我起来……
潮湿的天气，麻木的心。
对每一节课都失去了热情，"快点过去，跳过
这截，不想听，什么时候结束。"
没有那么喜欢阳光了，不分人，不分场合，发火，怒吼着
"我不知道！"
这个世界好烦。你们都走吧。快走吧。快离开我。
我快不知道怎样面对这样的我了。

我是蒋筱寒。我讨厌我叫蒋筱寒。
我不想成为物理化学记不住的蒋筱寒。
我不想成为数学只有96分最高纪录的蒋筱寒。
我不想成为只会写作文应试的还不会的蒋筱寒。
我不想成为不知道自己该怎么办的蒋筱寒。
我讨厌没有自信的她，我讨厌蒋筱寒。

我讨厌，我恨。
我不爱我自己了。
我不像从前了。
我一点都不在乎考试了，成绩了，排名了。

但是我也潇洒不起来了。

我现在离未来，我的未来太近了，太近了。

我想死，我想杀了蒋筱寒。

我能替陪我受累的人接受这个罪名。

我找不到适合我生存的方法，我的路慢慢都不见了。

我的梦都从沙子多的那端漏到底层了。

空了，现在空了。

我不要你们陪我负累。我不想听你发来短信

一遍一遍问我成绩提高了吗？了吗？了吗？——没有。

没有。没有。没有。没有。没有。

我对自己绝望了。我要杀了时间，杀了钱、世界、人类。

我要杀了中国，太平洋。我要杀了所有的东西。

我也要砍人，我也要吃人，我也要跳高楼，

我也要有好多条命。我终于变成了自己讨厌的人。

我是怪兽，我不是祖国的花朵。

你们的物理、化学、数学、你们的课

我像具死尸，腐烂在课堂里。

复杂的、恶心的人际关系，甚至是我融入不进去，听不懂的笑点。

我快疯了。我内心强大？我强大啊。我都

不知道这样的强大是脸皮厚吗？是彻底地不在乎吗？

我好累了，我好想嚎啕大哭。我好累。

有好几年没那样张着嘴大哭了。尤其是——

面对我自己的悲剧。

2014年3月17日22:38　1+1永远不等于2

是或许,或许是

我站在一片光亮里
周身黑漆漆
有次我看见荧光色的眼
竟辨不出恐惧与否
可是我并非想逃
甚至想上前拥抱
抱紧或许是我害怕的
　　或许是害怕我的
或许只是认错对方种类的
满天荒垠已消逝
天那边传来一声叹息
泪或许表达不出哀愁
又或许哀愁已表达不出泪
似乎有什么在心中坠落
不可预测的光芒、深度与爱
哪里伤了哪里碎了哪里划破了
哪里流血了哪里痛呢
我只看见我看不见的,不存在的
波纹、音符

有时很吵却吵得正好
浮躁的自己却能在这之中
找到宁静
或许是疯了才这么想
又或许是

你一定听不见站在
楼顶的我
说谢谢了
如果没有人说别走
去掉如果
你说这样星星坠落满天的夜晚
你说这样草虫飞舞蟋蟀鸣唱的夜晚
你说这样吃了七成饱的夜晚
或许是你说这样
又或许你这样说

2014年3月22日①22:15

---

① 是日下午，网上看到一个高三男生在学校上晚自习时跳楼身亡。

涂鸦

一

背后是铁黄的麦穗
我穿着凉鞋和大裤衩
一脚深一脚浅地
穿过去
这片田好大，我想
走到麦穗熟了也在走
然后我像灰尘
掉进雾里

二

误打误撞地
闯进一片树林
也许他藏着谁，我想
我披起风衣，头也不回地
明明还不是落叶的季节
却踩着一地枯黄
他侧着身，站在亮处
可能在看我

三

午夜的蓝绿的天

狂野的狼人
立在沙丘上，黑色的轮廓
奔跑，站立，站立，奔跑
有一个不知
是从我这儿离开
还是到这儿来
画面，反正是定格在这一刻
也许他会越来越小直至走到沙丘上
看不清他发丝有没有飞扬
也许他会越来越大直至充满我的瞳孔
他会抬起低垂的眼睑
那绿莹莹的双眼，
那绿莹莹的双眼。

2014年3月30日16:46

跌跌撞撞①

我打开了所有的灯，屋子变得好亮。
我流着泪打开了所有的灯，屋子变得好亮。
我流着泪跌跌撞撞地打开了所有的灯，屋子变得好亮。
闭着眼睛让泪水顺着脸庞滚落，凭着记忆
跌跌撞撞走在每个房间，凭着碎片般的记忆
跌跌撞撞寻找着离开人的声音，想拼命复原
他们在场的情景。

我看着灯，吹着风，害怕着楼道门的声响，心里好空。
翻着每一页的书，抽着每一张餐巾纸，拨的每一次笔盖；
都在心里回荡"哗啦！""刷！""啵！"的声响。
椅子没有人搬是不会动的，水没有人放是不会流的
饭没有人做熟是不会有香味的。

我明知他们离开，我会舍不得，但在走之前的态度有时依旧恶劣。
姥爷体内酸性太大，我们都嫌他脏臭，但又爱着他，
什么都想着他，他没体验过的还有能力体验的都想着他。
姥姥有时太固执，不能和她讲道理，越想推翻她的理论时，
她就越觉得自己是正确的。但我们依旧爱着她，
考虑她身体的因素，带她看美景，不厌其烦地一遍一遍教她
怎么用 Ipad，怎么用手机的哪个功能……

很想念一个人的时候，仔细想想他讨厌的地方，会好点吗？

---

① 姥姥和姥爷来苏州和我们一起生活了两个月，这一天乘飞机回了老家，妈妈送他们回去，苏州唯我一人。

好像不是啊，那时候连她讨厌的地方都变成了可爱的闪光点。
说是不能回忆过去的事，越回忆越难过，但是又怎么能
控制地住自己的想法呢？
三姨发短信说，"你知道没有人能一直陪在你身边。"
我知道，我摇头，我不愿承认，尽管我内心认同。

我关掉了所有的灯，内心里想着关掉用英语怎么讲。
我小心地关掉了所有的灯，内心里想着怎样面对无止境的黑暗。
我落寞地关掉了所有的灯，"偌大的床，寂寞的床"，
听几首歌，定上闹钟就睡。

2014年4月7日22:04

写诗

星光
真适合写诗呢
淋了场雨
真适合写诗呢
我爱上一个人
真适合写诗呢

我把星光写得那么好看
可它们却是
几百万年前的光芒

我把雨写得那么温柔
可它们只是
任凭自己的命运像流星坠落

我把你镶在相框里
可你只是
静静地待在相框里

我期待你向我走来
走出相框
用你温柔的手掌
盖住我的双眼
炽热的，真诚的泪水
从指缝中流出

初春的花开了
真适合写诗呢
坐以待毙的我
真适合写诗呢
他在睡觉
真适合写诗呢

我期待你醒来
看着靠在椅背上沉睡的我
你撑起身子，悄悄下床
端详浸在月色里的人

那时我梦了一个梦
梦里我梦见——
梦见你醒来
给我披上了你的紫大衣。

2014年4月8日

隐去

假如我在盘子里跳舞
不,不!没有假如
光滑的假象如真
我在盘子里跳舞
我在盘子里跳舞

不,不!没有我
镜面太多还不如没有我
在盘子里跳舞
在盘子里跳舞

不,不!没有在盘子里
停留栖息之地无处可寻
跳舞
跳舞

不,不!……
——哦——
——是,是!
跳舞,跳舞。

2014年5月3日

你和我

你像凶猛的受骗的蠢山羊
眼里的温情
倒映出我

请你别再问我
这感觉好像一颗和心脏大小相同的子弹
穿过我的心
可我还活着

2014年5月4日

而如今

而如今你无处可逃，四角布满死角
你如蛆虫般蜷缩
时间将让你窒息
自生自灭的可怜人唷

耳鸣充斥着
回忆充斥着
血液充斥着
死亡，血液，腥甜
哦！月夜
请把你的风带来
——埋葬我。

2014年5月6日于××：×× 很晚失眠

平行宇宙

当我敲击着
或许不止雨滴在敲击着
你听那脚步
凌乱无章
或许不止琴键在演奏着

会不会在其他平行宇宙遇到你
也叫一样的名字
只是他不是你
从前你问我
"我死了你怎么办"
当时没说的回答现在告诉你：
我会跑，一直跑
将他们告诉我你死亡的声音抛在脑后
直到有一天我忘记自己是谁为什么要跑
才停下来好好吃一顿饭
重新爱上一个人

也许我现在已经在海边跑成一道光
海很蓝，风很咸
夕阳蒙上一层紫红
可你却因匆忙逃离
没来得及穿上紫色大衣

灰尘还在指缝中流淌

或许我现在追出去
还能在风掩埋你脚印之前
把你寻回

可我忘了要叫你停一停
"我们都没有好好道别"
我也忘了要怎样推开桌子站起
　　忘了要如何跨过门槛
　　忘了要及时伸出手臂

只是因为你的这次远行
我从没想过
你会不带我

2014年5月11日23:53

无色人

我身体内的色彩早就被你压榨光了
在这里我真想冷笑一声

也许读到这您的嘴角已经挑起了轻蔑的笑容
但我的日子的确被你们压着
作业，铅笔，白纸，成绩，正误，排名；变态，惩罚，疲惫。
为什么人一定要活在自己创造的生活中受罪？
要听从这个的智慧，要听从那个的教导
想冲破界限的他总被告知外面是错误的

他叫住人让他仔细说说，人说
看着阳光里飞舞的灰尘，你沉醉了没
那是错误的，包括我现在对你说的话
我所处在的境地所遭受的灾难
总之一切，除了你那里是真
别的一切都是错误的
这个空间——这个世界——
这些有用无用的眼泪
全都是错的，懂吗？

人停顿了一会儿，又说
但错误并不代表他是"正确"的反义词的那种错误
你看漫天雪花，而我点燃我的烟
抽上一口，就舒服了
看到火苗的那一刻，

我想你们也感觉温暖。
但这火,太小啦
都不够烤暖小孩儿的小脚丫。
看吧,可是我燃了它,我的的确确燃了这根烟
它有火光,它让你温暖。

不——不,请停下来
停止欢呼。
我要说的是,或许这样的温暖
只能是心灵上的对吗?
实际上你依旧寒冷地打寒颤。
甚至你开始恨我,开始怪罪我
为什么不多带些火种与香烟
这就是错误了。

你把与你所期盼的相反的事
放在与"正确"相对的错误上翻一翻
怎么会有结果

你终究是个人,你好像只能是个人
怎么能做别的,最后都给人类吃掉。

2014年5月18日

无题

美丽的错误
依旧美丽的落幕
魔力失效，故事结束

2014年5月19日19:30

真实的幻觉

或许你想过那夜的星空
你也想过我走在左边或是右边
头发会被风吹起吧
风是带着烧过麦秸的味道
偏偏朝我们正面吹来
或许你想牵我的手吧
我也想过我们甩着手走在不平坦的路上
脚印会被风沙覆盖
像没有人来过一样
偏偏你做出了解释
在月明星稀的夜晚
很黑很凉
我看不见什么别的
听不见什么别的
心上的杂音也洗不净
就这样睡下了

2014年7月11日22:58

若那些云

若那些云铺成一个你
你是否想过
当他们做起一个又一个
连绵的梦
浮现一片又一片的你

河底的鹅卵石会浮出水面
告诉你
别再坚持到底
因为他说
我的河水深不见底

染上魔法的蝴蝶四处落下
伏在花瓣上
只是颤动着须
她要倾诉什么
我听不懂

你的，我的魔力
可以被获取，被代替

若我的给你
绝不言语
因为你的不变
而我愿将我的给你

我不想改变
但若能为你
我假装一切很开心
我能想象我很幸福
但我忘记了我是谁
我要什么
沉沦过后
用光明战胜黑暗

这是一首无厘头的诗
分不清大小写
横竖长短
颜色深浅

一路戳破的泡沫
碎，碎碎

我不想舍弃生命
我还想继续奔腾

2014年7月13日8:20

谁知道

谁知道我们会去往哪里
我们见过涂满蓝色的墙
记得在那个充满魔术的夜晚
我踢得酒瓶满地滚
你扯着我的衣袖说
"我的眼里，有烟火。"

谁知道我们脚下是什么
我们骑过黄漆的小车
伴随车轮的吱呀声
我也张开手臂让风穿过
你温柔地侧过头来
"抓着我的衣袖，要加速了。"

谁知道我们手中溜走的有什么
一个充满红色的新生活
一块刻满黑白色的钟表
还是透明的时间
哦，谁知道呢？

谁知道昨天的 11：59 分
你有没有说完该说的话
谁知道若我将双手插入泥土中
是否能让地球停止转动
谁知道我要怎样轻说再见
才能让它值得所有的痛苦。

2014年8月5日00:15

有一天①

有一天我背起画板
带着许多种颜色
随意走到一处
一切变得是那么静谧
我会画下山谷
只有山谷让我常想
我怎么能只身一人

2014年8月6日

---

① 高一暑假,我决定选择美术这条道路,到北京学画画。

那一秒

是什么把我叫醒的
我的心吊在一棵树上
我可以将自己提供给任何人
我给自己筑起一道墙
谁来将我唤醒
唤醒我封闭起的内心

我看着这沿途风景
而不知要通向何方
我握住了陌生人的手
凝视他会说话的眼

那一秒还没到
还没。

2014年8月6日 21:51

起伏

颠簸中的我抬起
厚重柔软的眼睑
黄绿的波浪连成一道围墙
什么时候
我们小声哭泣
哭声依旧覆盖了整片田野

曾以为那就是结束
我疯狂地甩头
否认周围的一切
猜你也知道这条路
蜜蜂的影子，女孩儿们的脚印
如被雨水冲刷的石子
真实地存在过
承诺朝着正确方向行走

像每天沉下又上升的夕阳
我以为有些事可以被代替
就像一种颜色能重复出现两次
以弥补我
第一次忘记拍照的错误
当我如此认知
每个人每时每刻都在犯错

这一刻我是一个新的灵魂

在世间飘荡
穿过撕心裂肺
沉默地出现，消失

在一个颠簸的夜晚
我站在城墙上。

2014年8月17日14:51

克制

有些东西一旦失去永远无法偿还
在空气里跳跃的快乐，跌进沙湖里的沉寂
谁会在意他的生活
以为空中"砰"的一声放过了一朵烟火
火就如他一般快活，只怕人如烟火

风把沙吹进你的眼
为什么不是我，不是他和她
为何不把这当作一种恩赐
反而揉红了双眼，哭着用泪水将沙带出

人弯腰，拾起地上的背包
顺手甩上后背，拦下那辆公交
径直走向最后一排
我没看见过，但我知道
此刻有人做着一样的动作。

剪刀能剪断多少空气？
会不会有"咔嚓、咔嚓"的声音
会有的，只是我听不见。
别得意，你也不会听见
除非它想让你听见。

2014年8月22日22:57

368

失幻

在我的梦境里，
一个人所做的事，
不出于他的本能，
是我让他这样做，
说那样的话，
挂着那样的微笑。

某种感觉像催眠，
即使告诉自己雾就要弥漫了，
你最好回到海边的小屋，
可脚步无法制止。
像人在吸烟但你无法不闻到烟味一样失控。

总有不在乎衣服是否湿的一刻，
现在我大概是醒着，
可我并不是完全醒着，
我能静得听见自己的呼吸。
也许旁边躺着许多人，
许多呼吸声串在一起像人在跑步。

在某一瞬间许多笔画凑成一滴眼泪。
平淡的，渗入虚无的夜里，
我睁开眼，也不明白躺在哪儿，
笼罩着月光的手指，胳膊，薄成纱
一点一点地消散。

我想我会跟着逝去的时间
一起消失在空间里，可我没有

或许是思想纠着这儿不放，
让我无法潇洒离去。

2014年8月24日12:32

我回来了！！！[1]

她常让我寻思不顾一切地一走了之
又常让我无法抑制回家的情感
—— ——
我变得爱说
"我回来了。"
一次一次地恨你
将炽热的岩浆喷散在你的皮肤
看着一道一道的裂痕
难以开口
"我回来了。"
一次又一次地爱你
把所有的颜色排列
不厌其烦一笔一笔调色
难以开口
"我回来了。"

—— ——
她常让我在夜里因一番话痛哭
又常让我梦见最美好的场景——
我抱住这个又爱又恨的人
说，"妈妈，我回来了。"

2014年8月27日23:29

————————————
[1] 结束了北京的画室生活，回到苏州，开启高二旅程。

怪物[1]

我还是选择一头跳进这个深渊
和怪物活在同一间屋子里
被他们或许有意或许无意的言语伤害
练出更坚厚的铠甲
即使被伤害也要假装毫发无伤
在黑暗里默默自卑伤怀
在明亮中找不到属于自己的座位
四面八方都是边缘
深黑深黑的身影窃窃私语
一阵阵笑声不懂是善是恶
想逃脱却不知握住哪位朋友的手
因为我在边缘啊
她会紧握将我拉回
还是顺势把我推下
在他们眼里
或许，我才是怪物

2014年8月28日23:11

---

[1] 高二重新分班，在一个很强的班级里，周围都是学霸。

走走停停

"当时我爸拿了我的身份证去了学校

我不上也得上，上也得上

就坚持了一年半。"

"我也不喜欢上学那时候，才上了半年。"

他穿了一双 vans 帆布鞋，看起来有些日子了

她穿了一条破旧水洗牛仔裤，花纹有些过时了

眼妆画得很简单，头发染得很黄

包包很破旧，好像是在一个地方打工赚钱

遇到了这个男人，相同的经历让他们走到了一起

我把头转回来

对面的一男一女看着手机，小声地讨论

面色苍黄，身体瘦弱

也许过着一日三餐仅能保证的生活

尽管两人挣钱相互养活很艰苦

可他们看起来很幸福

视线挪到了我身边这个女人身上

她的眉毛蹙成一团，很烦躁

眼睛总是瞥着不远处靠近门的一个黄发平胸的女人

她的喉咙像被刮过一样，沙哑难听

她坐在那里好像整辆地铁都是她家的

大声地吼着话，生怕别人听不到

她讲着家乡话，我也是个听不懂的路人

她抱怨着某件事或者某个人吧

可车厢里的人都在抱怨着她

那个烦躁的女人还走在我边上

生怕再听到那黄发女人声音的她
一个劲拉着我往前走
一路上评论这个男人把烟头扔在街上
这片土地制造的音乐怎么如此聒噪无法和国外相提并论……
而我却看见在这喧闹世界里的美丽
一对老夫妻在聒噪的音乐中跳着那个年代的舞蹈
一个步伐依旧潇洒一个身材依旧婀娜
那个年代的爱情修修补补到了今天
那个烦躁的女人躺在我的对面
前几分钟才又对我喊了一句：
"快写吧我的宝贝，
你再不写一个诗人就没有啦。"

看完月亮我就睡
喂她吃柚子去咯

2014年9月6日23:49

撞击

嘿，我能听见
别再用力撞击石块
只为掩盖你丑恶的嘴脸
我不介意你这样做
即使我的心会稍微一紧
即使会有更多的人听见你的一面之词
并且，将对我的认识建立在你的感受的基础上
我不介意
你
不了解我
不思考当时犯的错
无所谓你怎样谈论我，看待我，对待我
因为你口中的我——
不是我
真正了解我，陪伴我的人
知道真正的我
所以——
嘿，请继续撞击你的石块
让愤怒、仇恨、不甘继续充斥你的全身
直到你的双手磨出了老茧
　　你的眼眶布满了血丝
我依旧在你的诅咒中发亮

2014年9月6日22:50

我们

我和我的伙伴们走在街上
搓着手掌，哈一口白气
毛衣领竖着，把脸藏在里面
露出我们雾蒙蒙的眼

脚下厚实的雪嘎叽嘎叽地响
过丁字路口也不用注意行人车辆
只有几辆孤独的车在街上游荡
开车的人都回家了
街上的小孩儿也回家了

只留下我们
迟疑地立在红绿灯前
我们的脸有那么一刻是红的，或绿的
也只能是这样

看起来扫雪工人只清理了这半条街
清脆的脚步声只会听着更寂寞

我和我的伙伴们走在街上
安安静静地，谁也不说。

2014年9月4日18:50

搭车

世俗，肮脏，卑贱
大地，瓷砖，脚印
你们，我们，他们

如果我要到哪里去
我就去了
不会依在门槛边等你
你背上的行李和雨伞

是你还不懂
我什么都不想要
风起，光暗，雨落
静默，呼吸，微皱
要是我能描绘出
心皱成波纹的感觉
也许就不会急着拦下一辆车
"去哪"
"没油了为止。"

2014年9月19日23:38

存活

没必要听到更没必要看到
你我是一样的存活
夜晚耳膜因高空的飞行物震动
白昼瞳孔因地上的碎片收缩
又因猛然闻见的香水隔离声响
记起痛苦
一样的存活

你讲给了他我的故事
一个永远都有爱的
故事
他好像已经浮现了我
依在沙发上，故事里说我在唱歌
那就唱歌吧他
问你歌是喜是忧
你告诉他我告诉他
可你我
是一样的存活

也不知道哪辆车把你
从哪载来
　　　现在我不需要答案
我只想，依在
沙发上，把自己裹起再
蜷成团，在这之前

生好火，照亮壁炉
听你听他听任何人
讲个故事
不再是你的他的任何人的

因为你我
是一样的存活

2014年9月20日

垃圾

你听见我的声音
却不知我身在何处
我换上你的鞋子
披上你的大衣
走进我的世界

2014年9月27日 22:50

生气时的随记

我脱去了在家穿的裤子
换上了牛仔裤
我心里想着要走，现在立刻就走
不能再看见这个疯子
一秒都不能。

可当我穿了半条腿的裤子
我把她推到一边开始扫地上的玻璃
玻璃扫完扔进垃圾桶
我又穿好另外一条腿。
她冲到卫生间开始吐晚上吃的东西
我帮她倒好一杯热水
剥完两片橘子放进去
端到她手上叫她喝热水。

当我干完这么多事我已经不想出门不归了
那么多的怒气就是一下不见了
我觉得我还是要对这个人好，
她，唉。

所以我叹了口气，
把衣服脱了下来。

2014年10月3日

黄金时代①

那就这样开头
也不需要结尾
夜里人会没有胆量
昨夜的迷雾保留到现在

穿上，吃掉，抹去
大概都行
你都没有
你还站在风口
让风带走　你的气味
你想让谁来寻你
树在你身后窃窃私语
沙石拢成一团
一切都向你靠拢
你却站在山头，翘首以待
却不知
这就是你的黄金时代

2014年10月5日22:45

---

① 观许鞍华导演、汤唯主演的电影《黄金时代》，当晚作此诗。

二十八个不

不能不写诗
会被别人超过
不能不画画
本来起步就晚
摘掉眼镜看不见
不同意配角膜镜
不想戴眼镜和眼球变形
不想背古文和翻译
不背明天默不出
不能现在就去睡觉
这首诗还没好
不能运动和转呼啦圈
这都需要时间
而我没有
不想晚饭吃太撑
不想晚睡
不能不写作业
不能不看书
不然没有思想
不能碰头发
那叫分心
不能语气奇怪和大人讲话
不能让他们不开心
不能不听见噪音
这首诗又不能给妈妈看

不能不给她看

世界运转得这么被动

人活得这么被动

还是要运转

还是要活

2014年10月7日20:17

十字街头^①

气流在胸前缓缓划出十字
似乎只要这样做了
一切都妥

四分五裂的碎片，仍与对方依依不舍
风吹散连接它们的气息
从此，他们只是玻璃

我们并肩行着
把耳朵藏在帽里，投下臃肿的影子
风从街口来，看似等了很久
不用吹，我们自己散
退进无人经营的旅店
学舌的鹦鹉瞪着你
它这样瞪着每一个人
吧台的女人热情招待你
她这样招待每一个人

清脆的脚步衬托一切的死
车驶过房顶，痛苦地转向我
"给我画张嘴吧"
可这样的夜不该有声音
不可预测的夜
湖水一遍遍冲刷着岸边

---

① 学校现场作文比赛所写，《十字街头》是现场命题。

一次比一次喧哗
那里在孕育着什么
它吞食太多如石般重的秘密
它只想做一潭湖水

浓重的空气
积雨的云
背着秘密的人
聚在街头，划着十字
只在内心重复着
"天明就好了。"

浓重的空气笼罩废墟
假装掩住一切就能安心地生活
呼喊愈来愈凄惨
空气愈来愈浓

积雨的云灌满缺口
仿佛一切是满满当当的真切
缺陷愈生愈多
云愈来愈厚

背着秘密的人彷徨地看着
看着为有一张能说话的嘴
　　付出的代价
看着为找寻自己生命的意义
　　受无辜的惩罚
看着狱中窄窄的门窗里
一双双真诚的目光
他们不知道是否开口说话
可人们迈出了步伐

这股人潮让十字街头的车辆

不得不停下来
　　让浓重的空气
不得不稀疏
　　让积雨的云
不得不散去

而那辆寻嘴的车
早已自己添上了道出真相的武器
让秘密立在十字街头
让四面八方的人看见
无法忘怀的十字街头

2014 年 10 月 23 日 15:35-17:30

电影《焦糖人生》观后

我的痛苦的创伤
被放大了一倍
几乎还有一句话就要结束
其实你也明知并非这样
连朽木也停下来喘息
火势就要蔓延
就要蔓延

我的射程有一万米远
确定是这样的方向
可惊慌失措的人
从身后的林里跑出
覆血的脚印
破烂的上衣
对，我来自那里

他终于
听见我承认了

下落的一半的盘子
停在那儿
滚在地上的球
停在那儿
风中飘散的头发
停在那儿

我也不知道，是少了一种痛苦

还是多了一丝快感

跳出来不相干的人

奔进血地里

甜甜的

融化。

2014年10月24日

我的孩子

我要生个孩子
他只会咯咯地笑个不停
能自己处理粪便、噩梦
我爱他，他也爱我

但是
他不会像花花公子一般
他不轻易对人好
也爱这个世界，比如自然

少年时，他会在海边跑成一道光
海很蓝，风很咸
周围的一切都发出
"嗡嗡"的声音
充斥、覆盖每个行人

无论走到哪里
河旁，楼顶，街口
幽灵都跟随着他

身体中那份平静
变得躁动
它安分太久了
它期待坏东西的到来

但不光只有他一个孩子
还有许多吵闹的
不停为一件事争吵、打闹
血液涌到上头

而在这时
我的孩子
他，与幽灵——
握了手

2014年11月3日16:56

独来独往

他们成绩好　坐得住　爱做题
或者说　习惯坐在那儿　做题
知识就是他们的能量来源
很少见他们喊饿　喝水　上厕所
只是　上课习惯性记笔记
　　　　下课习惯性做题
到了阳光体育也出去运动

平常少讲话
除了课上大家一起笑
很少见她单独大笑
似乎也没什么向往、极其渴望的东西
不讲究衣服穿着、发型整洁
该早读就早读
该默写就默写
做着一切该做的平凡的事
符合生活规律

我看不见她生活中的热情
对。那是她的生活
有无热情非我说了算

生活本是一场冒险
激情　危险　快乐　疑惑
我选择具有感染力的生活

拒绝每天过得平淡无奇
太阳出来起床
月亮沉了睡下
不知白日梦的精彩
不懂午夜的秘密

找不到与他们相同的笑点
或许　对他们无利用价值
也渐渐没了朋友
那就独来独往
看着他们互相利用
只有自己懂白日梦的精彩
只有自己分享午夜的秘密

2014年11月8日21:58[①]

---

① 妈妈读了我这首诗后，给我写了一句话："如果走进他们的心灵，会发现同样丰富、柔软。"如今，我发现，妈妈这句话是对的。

另一种鼓点①

我冲进旷野

血染红了土壤

烧毁的麦秸发出嘶哑的挣扎

鸟儿收起所剩无几的羽毛

奔向西方一刻不停的火山

人们都笑它傻

挤奶的女仆幻想鲜艳的服装

坐上马车,参加舞会

不,不。她想

我将骑在马上,骑出这片纯白

假国王不会来这儿征税

骑兵忙着追逐落下的太阳

安宁只是片刻

人们都笑她傻

接着世界被分成两半

一半是曾经,另一半是将来

高挑的女人摘下珍珠项链

忘了这是她身体的热情回报

灯芯草与狐狸,猎人与枪

当猎人腰间系上狐皮

谁会记得在裂口中生活

人们看累了,回家了

---

① 参加苏州工业园区现场作文比赛所写,《另一种鼓点》是现场命题。

新月的光辉掩不住狡猾
夜沉静如吸盘，失去白日的光
黑夜与我，黑夜是我
这是我的乡村，这是爱的时刻

那晚我站立甲板
烂醉的人从海底走来
倾倒的自行车如一排堆积的尸体
他说，你看，天是蓝的
"蓝的。"
他说，你看，星星在闪
"在闪。"

我不是谁的信使，我依附于自己的力量
我没有信仰，崇敬或是畏惧
我愿醉倒在二层床板
腿悬在空中，
醉醺醺地愿幽灵与我相见

我像等了他一个世纪那般漫长
他不愿来，我也不必等

我可以如一切禽兽
生于裂口，死于裂口

人们都笑我傻
我依旧愿朝向未知的爱
孩子咯咯地笑
天蓝蓝的，大海笑盈盈。

2014年11月15日 9:00—10:30

身未动,心已远①

二十三个国王骑马散步
一言不发,驶在时间之上
他们的左手闪耀着月亮

二十三个孩子奔跑追逐
时间容纳不下天真
他们的右手燃烧着太阳

我有一顶绿绒帽子
它的主人将膝盖亲吻大地
"请你收走我的诱惑,
我要成为好姑娘。"

溶溶的河水冲出了她的身子
南山北山似她的双乳
柔软,喂养,衰弱,如母亲

门后升起不知名的秘密
蛇的信子缠绕初冬的枝丫
凌晨,街道上不断的枪声
革命——
朋友一刻不停地念着
我只看见对面的世界

---

① 江苏省现场作文比赛所写,《身未动,心已远》是现场命题。那时,我正在读《阿蒂拉·尤若夫诗选》(董继平译),此诗可以看出他《大奖章》一诗对我的影响。

通过这扇窗
是雪，又一场雪。
一头牛和我面对着面
它的鼻息喷在脸上
湿润与牧草的味道
它领我到墓园，悲伤的人等在那里
请你听见我，也许会吓着你
冤屈的魂，黑色的鸟，浓厚的雾
不，安眠于我不忠的臂膀的人啊
请别忘记
墓园的草莓，又大，又甜。

让我亲吻你的忧愁
如秋日四分之三的雨露
你我在冰冻的湖中起舞
直到湖面滑出了裂纹
到冬装换上春装
到下一个诺言实现
我的左手闪耀着月亮
我的右手燃烧着太阳

诸神静观过去
凡人感受现在
智者预测未来
他人与世界纠缠不清
或安逸，或危险地逼近
以庄严、神秘、智慧
赋予他们

牛和我面对着面
它的喘息急促
为将我带离现在
谎言与沉默，刀锋与雪

天真与诱惑，灰暗与红
贯穿在过去现在未来
"现在即是未来。"

它顶向我
我坠落——
躺在床板上
眼睑上的硬币如贝壳歌唱
唱走了日月
留下空白的天，将我熔化。

2014年12月6日 14:00–16:00

如果我做母亲

希望能给他一个完整的家
年幼时少让他经历离别
尽情地玩乐
不报奥数班
教给他为人比分数重要一千倍
给他自由发展爱好的空间
不插手每项决定
做他的朋友
不用恶意的字眼伤害他
鼓励他
学习怎样做饭榨果汁
为他倾尽所有能力
不需感谢
待头发花白，静静老去。

2014年12月10日

十二月十一日

每每走在街上看见弯腰走路的老人
她们提着菜篮子穿着老布鞋，旧衣裳
鬓角花白满脸爬着皱纹
苍老地慈祥地看着我
我总会想起姥姥
所以每每有老人卖白兰花、糖葫芦
不管花还香不香，葫芦有没有染色
我也会买她们的东西
开心地和她们说再见

今天我走在街上又看见了一位老人
突然脑海里浮现姥姥在这里的家
做好了晚饭家里灯光温暖
热气腾腾，等我到家吃饭
我知道这次不是幻想，事实就是如此
姥姥姥爷昨天大包小包地来了苏州
打算久居
这晚月，呼吸，吻别。

2014年12月12日23:08

然而

"别再跑了。"
"不，你不会停手的。"
"我向你保证。"
然而

"角落里好玩吗？"
"好玩。"
"有什么？"
"不告诉你。"
"我可以陪你看吗？"
"不行。"
"保证不打扰你。"
"那好。"
然而

"你认识我吗？"
"好像见过。"
"哪里见过？"
"不记得了。"
"真的见过我吗？"
"好像没有。"
"到底认不认识我？"
"不认识了。"
"叫得出我名字吗？"
"蒋筱寒。"
然而

2014年12月21日22:08

歌

我把世界打碎了
尝试在没人经过时将它粘起
路灯还是这样宁静
冬夜依旧包含着来年未消散的温暖
如一缕发丝
看不清楚头尾，不知何时开始
结束，它存在于某一处
让人感觉瘙痒

我把世界打碎了
它空洞的窟窿中涌不出血
像被吓坏的孩子张着嘴
说不出话，此刻所有的情感
让他忘了自己是谁

在说不清道不明的黑夜里
一个字裹在一颗气泡里
飘过了雪、海、江、河、梦田
停在了你的鼻头
谁也无法得知生命中缺失的那一部分
在哪份等待中消亡
我将不再年轻，你的时代
是否竖起层层树林
是否依旧有这般音乐
唤醒冬眠的动物

我成了健忘者中最健忘的人
岁月悄悄地漂流
依赖着土地,棕黑的,温和湿润

谁还记得我打碎了世界
我一遍一遍提醒自己
佯装自己没有的浪漫
柔情会出现在他身上

洒洒满地,脚印醺醉了我的视野
我出生在无主的大地上
走进迷雾里

泪洒满身,世界被我打碎了
还是世界打碎了我

2014年12月27日11:09

我愿付出

我愿付出
将夜晚的灯火灿烂聚拢于你
我不愿被人得知如夜莺般滴血的歌喉
即使成为你的背景音乐
你听不出
我没有再拨弦
跳跃的灵魂乘上一辆车
它不再眷恋
橙子的晶莹

电线是交错的我们
我们的思绪
我们的关系
我们的人生
时远时近掺和在一起
不分你我的混乱
纤细却触碰不得
不能预料的后果

在我居住前
这里是平地，荒原
在我居住之后
这里将被夷为平地，荒原
我的文字与消逝的情感
随上升的海水蒸发

它曾是火，
曾是烟头熄灭前最亮的那一刹

天空蒙上了面纱，他不想交谈
大地覆上了雪花，他不想交谈
墓地布满了灰尘，我不想交谈

不愿被人记起尘埃以下的脸
曾在琴声之间流转的笑靥
电线缠绕过
烟头的火光照亮过

我一遍又一遍地追随着
尘埃之下的我

2014年12月28日13:19

你为什么焦躁不安地徘徊

期望得到帮助却又不肯面对自己的伤口
焦躁不安，害怕被揭穿
害怕人们看见真实的自己其实是多么软弱无力
屏住呼吸，依旧害怕人们的审判

两个灵魂
一个走丢了，一个走回来
都在这里等着
两个合起来才是一个完整的我

我害怕人们只关注坏的忘记了好的
又怕人们只看见好的而不停地赞颂我
可真实的我禁不起那样的称赞

到底怎样迎接每一天
即使得到了鼓励或是安慰
也只想痛快地狠心地骂回去
自卑，自暴自弃，
认为不需要帮助，不愿接受帮助，
将自己封闭。可越是这样自己越痛苦

拒之门外的人敲了许久
都散去了，
不会再来。

2014年12月28日21:28

2015年·17岁

即使在最深的夜里，当我看见那颗璀璨
即使海草如发般缠绕
这颗星依旧引导着我
解开我，或救我。
——摘自《十年》

一月十一

总感觉还不是那个时间
灯打亮着，或许根本没打算关
还是很暗
他推开门，逆着光的脸
不熟练地叫着那两个字
遥远，僵硬，陌生，困惑
我怎么敢直视他的眼

坐下，脱掉外衣，拿起碗筷
一张桌子，三四个菜
三个人。
他们面对面，我坐中间
不记得说了些什么
这和我想象中的再见……不
或许，就是这样
没有大声的，欢乐的笑
没有止不住的，感动的哭
默默地坐着，等着
可什么都不会发生
什么都没有

我以为他的面容
虽不会依旧
可至少不会改变太多
但借着光他的头发，鬓角
像清晨覆上霜的小草
复杂错综，刺眼又自然

妈妈在这天前劝说我
试着原谅他
脸上紧绷着，嘴上冰冷着
从我不打算原谅他那刻起
我就不再生他的气
因为我想起他的肩膀，后背
背着高烧的我在人群中穿梭
我想起他在电话那头的声音
去年圣诞得知姥爷的病情
忍住的眼泪全在听到他的一句话肆无忌惮地涌出
尽管他那么不完美
可我没有力量去恨他

相片里的他
沉默地微笑着
他还是高高的
却不如从前那般精神
他爱侧着头照相
他笑起来嘴巴会向下撇

妈妈站在边上
中间是我
三个人都幸福地笑着
快乐地笑着
路人一定很奇怪吧
这一家三口为什么要照相
照相是因为知道
这一幕不会再出现

时隔七年
我们三人一起吃饭
时隔七年
我们三人第一张相片

2015年1月13日11:00

降临

如蜜一般缠绕的早晨
一颗如球的车
在深色的马路上
奔跑
也许是爬行
路边的行人，睡意仍在

活在黑夜笼罩的梦里
猫的爪子悄探，试图
碰到这一起一伏的东西

风更凉了
从脚趾到头皮都拴上了冰冷的神经
石子像火花一般迸溅
骨缝中开出未闻的花
左摇右摆，与寒冷无关

天还亮着
可我的黑夜又来了
那无休止的：飞舞掉落凝结。

2015年1月23日

他的国

一

他木然了
手撑在栏杆上，铁制的。多年风吹雨打让铁皮脱落了，
他蹭了蹭手，把灰尘拍落。
过会儿觉得不放心，又凑近鼻子闻闻，一股酸酸的铁锈味儿。

阳光好像在此刻停止流转，至少在他眼里是的。
天气，外面的世界发出低沉的嗡嗡声。像是
摩托车经过，电梯掠过，飞机机翼与空气摩擦着……

一辆车停在他心口。
偶尔暗着灯光，常常鸣笛。他很不安宁。
他不安宁。

他感觉对面的建筑一夜之间重新粉刷了，天空苍白得像
病人的脸。他将窗帘拉到一半，实在是太亮了。

他觉得屋里好安静，可他又不敢发出声响。
有时他又不喜欢有动静。
静得自己也不存在的静。

楼上总是有双高跟鞋没日没夜地走着，
隔壁的水滴进水管的流动也听得一清二楚。

窗外又驶过一辆大客车，后面紧跟一辆货车。

他最怕那种车，总是边开边往下掉东西，

杂物总是会伤到人，

但没有人是有意的，他觉得是上天有意。

那又怎么样呢。

他又立在栏杆前。

快递员携着大包小包走进别人家里。

老人牵着孩子。

女人手中拎着一袋草莓，高跟鞋蹬得他心里"咯咯"直响

他把纱窗收好，用玻璃代替

又安静了。背后没有人，前面没有人。

似乎只有自己。

就是只有自己。

他尝试将人都从生活中拿走。

轿车停在路上，红绿灯变换。有风，有阳光和四季。

二

他出门了。

每走一步，好像踩在空旷教堂的大理石地板上，

回音从各方传来"嗒……""嗒……""嗒……"

这是一个空心球。

倘若他钻进水中，能直接游到另一端。

世界缩小了，因为他一人。

他感觉这很好。他用不了那么大的地方。

只要一小块田地，种玉米小麦。他还想种草莓，

够他一年吃一回就好。

一点点乌云，一点点雪。一点点满天星，一小片天空。

他要许多许多书和音乐。
他觉得偶尔也要听听别人的声音。

三

他做梦了。
梦里有风，可什么都没有动。

订书机安静地靠着书架，台灯安静地挂着玩偶。
他分不清梦里有没有这些东西。

他做梦了，做了许多梦。
梦见好多不一样的东西。
他很想告诉别人，可街上的人都挂着耳机。
脸色疲惫，眼睑下垂。也许别人做的是噩梦？
再也许别人都无法停下来，为一个梦停下来。

万一这不是一个好梦可怎么办？没有价值可怎么办？
他想了许多别人会思考的东西。
不想讲了。没多久就该忘了吧，他这么想着，拉了灯。

他很想放气球。
不是风筝，是气球。
他害怕用针刺破它。不知是心疼气球还是害怕那一声"啪"。

他奇怪这些人为什么长得像只鼹鼠。
行动敏捷。笑时露出两颗门牙，长长的脖子。
扭头，转身，奔跑都像。

有人笑他傻，有人不笑他。不笑
并不是因为理解他。

他每天和鼹鼠生活在一起。
住它们的窝，吃它们的食物，
坐它们的车，和它们的老师接触。
只是太可惜了，没有人愿意承认自己
是鼹鼠。

四

他依旧执着地从一楼爬到四楼，
再从四楼回到一楼。他累了，
倚在墙壁上睡了。

许多人从他身边经过，没有人在意他是谁。
沉重的，轻柔的脚步。香水，香烟混杂着他的头发。
他想打开那扇门，他又渴又饿。

突然他觉得，他可能永远都会给那画中的女孩
涂同一种颜色。
他好像再也找不到比这更合适的了。
在阳光与尘土之间的脏黄，夹杂白色的缝隙和黄色、灰色的颗粒。
不停地飞舞着，他离开了还飞舞着。

他脱去手表，放大了水。想哭。

雾气覆盖了镜子、眼睛、心。
他木然了。

五

他顺着满是落叶的小路前去。"这并不是我所期待的样子。"
燕子的剪影曾落在那里，如今没有燕子。
他记得在一条小路上遇见过一头牛，它有很深的眼眸。
浓重的鼻息，有力的尾巴。

它身上散发着恶臭，可他就是喜欢它。

"那个夏天我遇上一头牛。"他这么想着。
在渴望的低语中想着，一切
远远的他可以够着的风景。
村庄朝他挥着手，仿佛在擦玻璃上的雾气，
而那些人的脸，似乎也放大了。
他不想瞪着他们。当他看见那双压抑的眼睛，
积压许久的洪水覆盖了他的心。

多么像踩不住的时间。

无力，迷人；无力，迷人。

六

他想象死亡的味道。
镂花箱柜里，灰色嘴唇旁，高贵的皱褶，一簇石榴林。
上帝将射向他，眼色将变得异样，墙上神秘的霉点将扩散。
火把，黑夜，大地上最后一双手。
死亡之星高悬在他的头顶，虚荣在荒野上交融。

他胸膛内的肋骨如燃烧的天空，汹涌，疼痛，血红。
他突然想起可怜的伦勃朗，那个光与影的奴隶。
他屏息放倒在干枯的麦秸上，眼睛似乎睁着，却看不见人影
耳朵似乎是好的，却听不见火势蔓延的预警，
他想象着死亡的味道，忘了自己还有鼻子。

他害怕世界的欲言又止，害怕将他推近真相又让他避开真相的，
是一个人。
自己只是一步走的棋。

他知道必将会死。

416

沉浮，直到岩石蹦出花朵。
生命之火，生生不息。

七

坚实隔音的玻璃之后，黑色规则的栏杆之后，迷乱交错的枝桠之后。
他相信一切是无规律的，但他不得不承认这是昨天出现的车。
他迈不动步子。他无法忍受嘲笑。他觉得说出真相是为了刻意掩藏
另一个真相。

他能从不同的人的肚子里，掏出不同的东西。
他掏到过糖果和毒药在同一个人的肚子里。
他停止寻找所谓幸福的东西。最幸福永远和最毒恶住在一起。
心上有个洞，遇见什么都想往里放，装满整座心房。

现在像早晨六点，又像傍晚四点。可现在是午后十二点。
蒙纱的脸。
他好累，记不清昨天梦了什么，隐约有人说，
思念就像猫身上的百万根猫毛。

2015年1月23日午后至1月24日午后

十年[1]

一

关门的那一刻敞开了心房

时光滑入悲伤的行囊

就像告别一座永恒的城

告别父亲珍藏的爱意

我看着我自己的岸在消逝

被伟大的预谋雇佣着

穿梭于白昼,指甲有那么一刻

信任地增长

不知道它们要去触及什么

喧哗声止息,帘幕后的剪影

预测了一个什么样的未来

神明的陌生人啊,我珍重你执着的构思

并准备担当起这个角色

但这正在上演的和我无关

血液将麦穗浸得红莹莹

遥远的声音从身后传来

离家时那个孤独老人的身影

---

[1] 此诗是参加"全国创新作文大赛"的作品,也是回顾自己十年成长之作。诗中借用了我所钟爱的诗人阿赫玛托娃、茨维塔耶娃和里尔克等人的一些词句,不是盗用他们的词句来为自己的诗歌增色——我在写诗的时候,并未翻书查找——而是因为那些词句最能够表达我,它们直接奔赴我的笔尖,传达我所想传达的。我感激他们,是他们解开我,救我,使我成为我。我更要感谢著名诗人、翻译家王家新老师,他看到我这首诗,让妈妈告诉我,"为了未来的发展","必须避免这种借用"。

在楼与楼之间，双手下垂
无可奈何，看我远去
她愈来愈小，愈远
金色的薄雾笼罩了世界

二

羽毛与空气摩擦的工夫
眼神交汇，为红色的山岩带来苏醒
我和你躺在草地上，凝望着树枝缠绕的天空
和肃穆的河水，嘲笑那些高傲者
那些沿足迹而下的人，从爱情里死去又复苏

我们躺着，凝望天空
祈祷春光融化无情的心
一层层剥落，掉进倒映人影的湖
一声声祈盼色彩的呼唤，随风吹响
在墓园中长出草莓，唤醒了庄严的海
可心愿不会如病毒般繁衍，我们也不能
躲避花朵的凋谢，干枯，死亡

我们躺着，仰望树枝缠绕的天空
好似我们是最幸福的人
直到枝桠如魔爪插入那片金色
直到裂成我鲜红滴血的心

三

我的心不是被囚禁
行走于四季的湖边
抚摸凋零的枫叶
它的脉络，形状，颜色

我痛苦于自己无法释放的天赋
黑暗中无边无形的良知
橱柜里被掏空的词语
无关于火焰，沉溺的一切感官
我是四季之外的人
没有红绿黄白的行头

既成熟又危险的甜蜜
累积在时间之上
众多的手臂向上举起，运行和生存之上
是更广阔的自由，更无边的前提

那对金属之翼是否依旧存在
又是否真的存在

四

灵魂焦灼着瞳孔
你受的每次苦痛都让我更轻盈
像泥沙融进你身体
像果实掉落般离开

那个女人在雪后燃烧
火光熄灭前最后的明亮是她
寒冷覆盖前最后的温暖是她
成为人们拥抱过的光明，又消逝

愿最后一次在祈求她的声音里
她冉冉升起
冰冷河流上新生的火种
层雾中穿梭的雨燕……
在你身上开出，无边际的大地之美

金属之翼不再拘于大地
在我的面前,是一条崎岖的
翅翼闪光的路
我将投入最高的意志庇护:
"我用十年的努力,就是成为我自己。"

五

十年后,我回到你这里
灰色和可爱的城市
指甲触及尘埃的乡村
山下住着我的家人,麦田尽头住着我的家人

我不再是哲理,诗歌
和好奇的学生
不再是写得很多
的年轻诗人

巨鹰衔着花瓣
在天际出现
它们的眼睛如流动的清水
带来爱情,也带来毁灭的消息

而纯粹的雨水
旷古的海风,带着我
和鸟群一起发现
所有果实都还很青
即使在最深的夜里,当我看见那颗璀璨
即使海草如发般缠绕
这颗星依旧引导着我
解开我,或救我。

2015年2月18日(除夕)19:30

好想大哭一场①

好想大哭一场
把所有的离别苦痛心酸
都哭一遍

好想走到旷野上大哭一场
让眼泪风干雨和泪水混杂
张开嘴巴让风灌进身体

好想大哭一场
把小时候舅舅对我的爱重温一遍
妹妹的呼吸声再听一晚

梦里或是现实中
恳求着不要夺走我的幸福
我的快乐时光

而我的一切最终
还是
飞舞掉落凝结

已不像冬日的雪
昨天的春雷和今天的雨
是春天

2015年2月25日

---

① 这个春节，我们一家第一次在苏州过年。此诗写于舅舅一家离开苏州的当晚。

422

整条大路为我敞开

整条大路为我敞开
单色斑马线只有我看到
阳光只灿烂在我身上
除了我以外的
世界被施了魔咒
流不完的车停下来让我
大步流星地走过

2015年3月8日

似我非我

我在四季，遇到和季节相符的人
茉莉，蔷薇，月季
我并不明白它们开在何时
我总是发觉得很晚

我为你写诗的夏天，在没有冷气的房里
想着那时星光烂漫
脚下的路不平坦
闻声躲起的狗和猫
几盏路灯下拉长的影子
雾气缭绕田地，山脉
熄灭的心愿，点燃的篝火

后来
我们并没有踏上归途的车
逃离，我和你
在数不清几节的车厢里
把无法掌握的东西甩得很远

你不会明白这些解释
你会心酸，因为一切等待
是颜色，发香和雨
时间一来
褪去，消散，蒸发

我会别着死去却美丽的花
带上河边捡的三生石的最后一块
和那天一样傻笑着
只是头发长了些，穿得多了些
"让我来预测你，今后的好运吧。"
你点头微笑
"你的未来一片光明
你会往前走，遇到不一样的人
你是开心的。"

除了诗人的傲骨，
我一无所有。

2015年3月12日20:57

迟钝

当我发觉再也写不出好的诗
想起一个词,无法连贯成句
我没有孩子喜爱的糖果
不能讨他欢心,我不是好姐姐

我在变得迟钝,难以分辨颜色
我永远与他们说的相反
黎明我扬起帆
即将消逝的夜色,即将消逝的我
生命在新生树枝的裂纹里滋长
似瘟疫,挣扎般扩大

夜里他痛苦地醒来,那天似乎更近了一些
他凝视枕边的女人
她老去的美丽依旧动人,沉重的呼吸伴随着不可预测的将来
既愚蠢又令人期待
她头发上中草药的浓香,在夜里飘散
渗入枕头,掺进梦里

在一个美丽的早晨,你凑近我耳边
"我从未忘记你,也不再记得你"
你像我心中第二个影子,时间与回忆的门槛
那尊模糊的肉体,像漩涡一样在黑暗中
旋转不止

2015年3月22日14:45

深陷其中①

是的，我是强大的
不畏惧背后烈火燃烧
前方的天际已泛红
在我的眼里倾盆大雨下着
浇灭所有能被毁灭的明天
这会让每个人都满意，无怨无悔
而这之后，我的心会随之离去
走进温暖美好的黑暗

2015年3月29日15:38

---

① 此诗写于2015年江苏省学业水平测试考试——俗称"小高考"结束后。

我的老师①

她不仅是我的老师
也是我的妈妈
她追求自己的潮流
不跟随任何形式
无论教学与穿着

她的生活犹如江河，不停地：
奔流——汇合——奔流
渔人，划船老夫，戏水孩子
都受她恩惠

倘若她仅是我的老师
——没有那份血缘
空缺的田野依旧遍地芬芳
奔腾的骏马披着血红影子
直击西沉的太阳

我仍然爱戴、追逐着她
像往常的周末晚上——
洗净水果，拉出座椅，摆上餐具。

2015年5月9日

---

① 此诗为参加"全国创新作文大赛"江苏赛区总决赛现场命题作文。

挡不住的青春[①]

我不愿总以烧焦的麦秸开头
挡不住的焦味儿从纸上传来
让人体温升高
哦——别躲，哪有什么焦味
你怎能相信我

他们不愿见我却不能让我消失
可怜之人躲起，在暗中作乐
我似酒醉之人，将餐具敲得"叮当"作响
城墙上空缺的长春花开错了次数
马也不在乎

二十三个国王和二十三匹马
掠夺了村庄
留下没有血肉的灵魂，没有重量的思想
仇恨的目光让他们把清醒混为疯狂
或醒或狂都让爱燃烧，释放——自由

是怎样的爱情令人心碎
烛光下的念想，灼烧着成为一体的苦痛
"放我走吧。"我幸运中的大不幸
阳光投射在树梢，流着闪耀的泪

必然的偶然指引着我
穿过你的双乳直到森林后方

---

① 此诗为参加"全国创新作文大赛"江苏赛区总决赛现场命题作文。

炽热的火光在墓园中滋长
好心的路人若你看到，请你——
将我墓旁又红又大的草莓摘下
只有倔强的生命才能结成的果实

我知道，掠夺者无法停止苟活
打开你的大门，砸破窗！
稀有的书籍和雕塑，让他们偷了去吧！
偌大的房子和院子，让他们烧了去吧！
思想和勇气是盗不走的
梦想与追求会在嫉妒与诋毁中——
更加高尚！

多年之后
我回到这个村庄
它永远似我画中那般昏暗微黄
黄色与白色相间的颗粒在空中飞舞
和时间一样不知去向

此刻我，不再是写得很多的诗人
不是所有的追求都有结果
所有的庆祝都有意义
列车也许是反方向
可到达的是同一地方

若你抵达
请你就此扎根，深入泥土
将仅存的青春和疯狂
变为最真的绿色幻想

2015年5月9日

荒凉之下

有些人说我浪荡，疯狂
有些人说我纯真，善良
我的确病态
也的确荒凉

我不如常用的"大海""麦田""天空"
一望无际，深不见底
也不如常用的"猎人"精明
我的生活好不过我的意象

世界呈现在我眼前
不能移动的大楼
准时亮起的路灯，升起下落的日月
几分钟一班的地铁，行人明快的步伐
丰富的生活，似乎不可重复
而这只是窗帘

就像影子戏的纸糊屏障
我们参与其中，拍手叫好
我们手舞足蹈，哗众取宠
谁在看，谁又在演

从南边吹来的风
不知道自己从哪儿来
风里蒲公英的种子

不知道自己到哪儿去
他们粗糙地降生，粗糙地过这一生

这里不再有离弦的箭
流浪的姑娘
这里一片荒凉

2015年4月19日17:35

爸爸说——《美丽人生》观后

硝烟四起
爸爸说只是游戏
规则是我不能吃甜点
看到穿军装的人要躲起来
不能总要找妈妈
否则没有一千分
开不走大坦克

爸爸要到了号码牌
换上了工作服
每天累得满头大汗
我们离一千分越来越近

爸爸叫我躲起来
被发现的人都开不走大坦克
他吻了我
说这次回来要很久
让我保证一个人都没有时
再出来

天亮了
一个人都没有了
我钻出来，站在空地
拐角处开来一辆大坦克

一千分集满了，它来接我
我坐了上去，原以为会有爸爸
可是没有

后来我常做一个梦
在一个吃得很饱的夜晚
爸爸抱着我走进浓重的迷雾里
我趴在他肩上睡觉
隐约听见他喃喃自语
要带我去找妈妈
细碎的胡茬搔着我的额头
从那时起，爸爸给了我
美丽人生

2015年5月17日8:23

病

墓园里的姓名很多
但都不及你一个
刻在石头上的刀印
像是触碰不到的疼痛
鲜淋淋的伤口撕裂着
面如死灰般寂静

病。
提着大包小包闯进车站
偷偷幻想重复爱情片离别时刻
只有吹来的南风是伤感的
列车迫不及待，要走

人们都瞧着你
头发蓬松，像炸开的稻草
素色的上衣，开花儿的裤
一双踢踏响的破马丁靴
挂着五颜六色的耳机线
摇头晃脑，打节拍

你像要到西藏去
又像刚从西藏来
沉浸在蓝色的回声里
不给他们打断你的机会

你转过身，直视他的眼
可他从未见过这样的眼睛
像冻僵的湖水
吸走所有的心事，倒出忧郁
即使有力的目光一同畏惧

那个夜晚
不知是谁走过窗前悄悄一瞥
让惊喜提前掉入盛水的杯
水量不多，也不少
足够淹没整个惊喜。

2015年5月17日21:07

午后或者妈妈嫌我烦

妈妈答应让我用会儿电脑
可从早到现在一直说在做正事
做正事，好像的确在做正事
反正就是不给我用

我又不能找妈妈陪我下楼
摘枇杷
小区里有许多结果实的树
妈妈嫌我烦，让我出去玩会儿

我换上了衣服，梳好了头
又一屁股坐在了阳台
今天是阴天，又没有太阳
摩托车像是永远也开不完

从东到西从南到北
"嗡嗡嗡"地回响

我今天没去画室
感觉这些那些都处在停滞期
走在这里又像走在那儿

写诗不要找意象
找意象的都是傻蛋

作业不想写又必须写
妈妈还扑在电脑前
我知道是在整理我的诗集

又开过一辆摩托车
我的枇杷还没摘
其实在楼下不一定够得着

我无法安静地待着，妈妈嫌我烦
我去睡觉

2015年5月23日14:45

言寸土①

从土壤中一寸寸滋生出的言语
像盗时间的贼寄生各家各户
以他人的身份存在着，被拥护，爱戴
却无权做回真正的自己

你掩盖、躲避
它尝试呼喊却被更高的拥声覆盖
仍不计前嫌地容纳浪潮
不厌其烦地清扫落叶
造就了言语的精练，无法复制的绝美意象

当星空满布想想为什么不是屈指可数的几颗
当宝石闪耀问问为什么不再被埋没

请回头看看它最简洁却多样的表达
最令人着迷的文体看似天马行空却暗含逻辑
是诗歌这万文的起源
是诗歌这滋养智慧的土地

2015年6月7日 13:15

---

① 此诗是应搜狐教育之邀，与妈妈同写 2015 年江苏高考作文。

忘记以为忘记

我们没有什么要诉说
如果是橘色的瓶子，光也变色
从小熟悉走崎岖的路
即使拖鞋也在乱石中穿梭
享受跳跃的重心吧

我们没有干净的水可以喝
山脉的轮廓在天际静止
像我踩过的石头，不说话
他们等待厚重的云靠近
迅速相爱，迅速分离

我们没有找　会失业的工作
南边打着　捕捉不到的闪电
以至最东南能看见高耸的白楼
终于承认地球是圆的

我所能见的尽头
泛起圆弧的白光
也许是我的下眼睑，清楚的圆弧形
你嘴微笑的弧度

我们没有什么要忘记
以为自己会像晚来的声音
人总是先看到物体，离得很远的时候

一块块晚拨的钟表

我们并不能将其忘记

在凌乱无序的石子杂草中

马曾踩踏的水塔上

一脚陷进的牛粪里

我们都会记得，只是让自己以为忘了

2015年7月1日 22:46

模特

日复一日
他跑了大半个北京来这里
做酬劳不到一百的模特
带着小儿子
他打翻了静物组的顺序
无聊地跑出跑进
翻着清华五颜六色的设计书
坐在有靠背的椅子上
一会儿就睡了
他不怎么讲话，总是笑
黑黑的瞳孔，藏着秘密
我不想听再多的秘密
每天被包裹着
他在想什么，他的肚子会不会痛
世界在不在恶化
墙上的钟怎么还不往下掉
所有即将发生的时刻都成为秘密

2015年7月16日22:00

伤痛

你立在风里，面带微笑
嘴唇微动，你说——
别动，我去接你
我努力触碰，手却一再收回
费力揭开你的伤疤去试图了解
却害怕你再次受伤
我不能带你去翱翔

爱最后变成了伤痛的寄生
你的痛苦是盛满水的酒杯
浇灌土地，禁锢着我们

2015年8月19日18:33

尘①

你并不说话　只是在相片里微笑着
我们对着你边哭边笑　把你擦了又擦

我在这繁华城市里　找不见任何人的身影
红或黄的灯光飘在半空　扼住呼吸
透明的玻璃窗和不知道自己在忙什么的人
时间好快　地板很滑

一瞬间涌出好多张你的脸

我七岁时你的脸
那时你还上班　每天在外大吃大喝
还想着我给我打包回来许多吃的

我十岁时你的脸　每逢村里过节
你和你的朋友都去演奏　拉琴唱歌
我和伙伴趴在房顶上看
自豪地说"看！那是我姥爷！"

我十三岁你的脸　冬天下雪
你早起把院子里的雪都扫得干干净净
为此我和表妹都生你气

我十七岁你的脸　我轻声叫你"姥爷"

---

① 2015年9月16日13：10分，我亲爱的姥爷辞世。

444

帮你清理干净眼睛里的分泌物　你微微睁开眼
眼神恍惚　看看我　又看着窗外
昏迷时　你左手紧紧握着我的右手

路上的车顺着一个方向前行
不同速度驶去终点　一道美丽的弧线

现在是凉爽的秋天　路边标着雨雪天气小心地面
或许你已满足这一切
但我们总认为还能给你更多

我像往常一样上完了下午的课
像往常一样约上朋友去楼下打水喝
像往常一样在走到门口的时候打开手机看一眼
像往常一样发给妈妈今天画的画

其实今天也很平常
妈妈发给我一段普通的文字　我看了三遍
步子停在宿舍门口　被击中了一般
一瞬间所有的明亮都变成了黑夜
　　　　　　一切上升的事物都迅速下落
把地面四分五裂
耳机里的歌声在唱什么我早已听不见

车从头顶上驶过　我在桥下走
经过一个加油站

妈妈说，"姥爷下午一点多走了。"

下午我做了一个梦
我梦见老家到处都是五颜六色的岩浆
从东边来
我们往西山上跑

岩浆铺满一层就变成五颜六色的石头

我醒来的时候一点三十八分

橙黄色的路灯像一起大火
我们不由分说地走了进去

可是在许多个明天的上午八点
我在被窝里微微抬头　透过窗户瞄见
你骑着你那辆自行车推门而入
车把上挂着我爱吃的菜花和土豆
穿着你的大皮鞋哒哒哒哒走上台阶
从外屋穿过里屋走向厨房
又回来问我"小寒，你姥姥问你中午想吃什么？"
我迷迷糊糊说了一堆
你打开匣子"下面为您播报今天天气预报……"

于2015年9月16日23:39途中

后记一　　少年时代

1

这不是结尾，一切都刚开始。

翻翻小时候写的诗歌，有时会惊奇我那时看世界的方式，也庆幸我记录了下来。

我有过一段真实的童年，没有电子产品和奥数，却有高山、小河、树林、麦田和两位玩伴。我的诗中常用乡村的意象，因为在我幼时起，它们就是我熟悉的东西。至今我仍然和两位好友联系，只是我们有不同的路要走，这让我们之间的话题少了又少。但最原本的情感驱使着我们仨的心，我们想念对方，怀念一起玩的日子，她们每年都盼着我回家。

许多必然的偶然，引领着我，在"鸡肚子"四周辗转，这里三年那里五年，一批一批的人，走过我身边。有些走得太快转了弯，不再是一路人。有些以各自的方式，仍走在我身边。

2

从 5 岁开始写字，我已写了 12 年诗歌，关于我的诗歌，我很难一言以蔽之。

曾有人私信我说，在《大学·作文独唱团》上读到了我的诗（我的语文老师史金霞，也就是我的妈妈，给我们在那本杂志上开了一个专栏——史老师课堂，每月组织同学们的诗文，做一个专题），她说这些诗对她触动很大。她原本只喜欢格律诗，认为现代诗大多都是拙劣的文字游戏，看似"哲理"却因缺乏生命体验而空洞，所以她对自由诗一直抱有偏见。但是读了我的诗后，却感觉很亲切，很动人，她很喜欢，对现代诗的认识有了很大的改善。

她说："也许应持平和的心态去寻找生命的更多可能。"

我感到非常荣幸。

希望我的诗能带给更多人类似的感受，让更多的人喜欢上现代诗，也希望我的真情实感、真实的生活经历所凝结成的这些诗歌，能让读者感受到生活中的残忍与动人。

3

每个人都有过去。

或许顺利，单纯，甚至使人感到乏味，或许不鲜亮，复杂，让人产生怀疑。

看到过许多爱凑热闹的人，对他人的评论，有支持的、有唾弃的，甚至有人身攻击的网络言语伤害，有因为几张照片几句话粉转黑的，也有不发表任何意见的旁观者。而那些跟着一起骂的人，不带任何思考，更不用说换位思考，不思考的人容易被舆论控制。人与人之间的和善在逐渐被各种负面情绪吞噬。

其实对他人多点关怀，鼓励代替辱骂、诬蔑，并不是一件难事。

过去的都是过去的事情，你过去的认识也归为曾经。那些不足以判断一个人的好坏与否。你每个下一秒见到的人都是新的。

每个人都在自己的纬度生活着，不是别人和你不一样就是错的。

她喜欢跳舞，他喜欢搞怪，她喜欢自拍，他

喜欢写作，等等。

我们都在过自己的人生。

4

在此，我要感谢我亲爱的母亲。

如果不是她从小就让我写日记（而我因偷懒，许多写成了诗），也许那些记忆就这么消失了。多年来，妈妈一直陪伴着我，珍藏着我的每一行文字，不管搬家多少次，关于我的一张纸片，她也舍不得丢弃。十一年间，妈妈一直在整理着我的日记和诗歌，一页页地翻，一字字地打……没有她，就没有这本诗集。

妈妈，谢谢你。

同时要感谢姥姥姥爷给我一个丰富、愉快的童年。绿色的大山，金色的麦田，棕黄的土地，要好的伙伴，还有活泼的小伊，亲爱的舅舅（为我题写了封面）和姨。

还要感谢我的朋友们，你们的珍惜和陪伴让我相信世间有纯粹的友谊，感谢为我的成长尽心尽力的叔叔阿姨伯伯们，你们的无私帮助给了我和妈妈让生活变得更美好的勇气…这个名单实在太长，我已经将你们全都铭刻在心底。

我的诗集的出版，要特别感谢麦田书坊的大风清扬叔叔，感谢上海的吴斌荣阿姨，感谢百忙之中为我写序的朱永新伯伯、苏小和叔叔，感谢为我精心设计封面的苏州明度画室钱仁杰老师，感谢专程赶来为我拍照的杭州摄影师蓝义叔叔，感谢推荐我诗集的王家新老师、蓝蓝阿姨、张文质伯伯，感谢涂涂叔叔和小猪阿姨……

在以前，我很反感在一本书的后记里感谢那么多人……我觉得这和运动员获奖后第一句话的性质很像；但如今，轮到我写后记，我发现不得不感谢这些人，一路走来，他们对我而言很珍贵。

当然，还有我的父亲，您对我的爱，弥足珍贵。

5

正如开头，这不是结尾。

这是我的一段成长史，这是我的少年时代。

从幼时懵懂到即将成年，未来是那么不可预测。也许我会成为一个诗人，但我并不愿意为了生活去写稿赚钱，太被动写出来的东西不自然，目的性太强写出来的诗歌不真诚，我可能不会以写诗谋生。

我还有许多想做的事情，可惜未来变数实在摸不清，连明天的规划也只有大概雏形。未来的事，就放心交给未来的自己。一步一步走，直到什么时候？我也说不清。

以前我写过一篇日记，题为《少年这词很沉重》，在少年时代即将结束的现在，我想说：一切都刚开始。

最后，希望每个时刻的你都专心演绎着自己的人生。更加坚强，更加美好。

这是一份礼物，献给每一个你。

蒋筱寒

2015 年 5 月 12 日于苏州

2015 年 9 月 16 日，下午一点十分，我深爱的姥爷与世长辞。姥爷的离开，让我在那一瞬间明白：人生就是在大起大落中度过的。我觉得自己成长了许多，我的少年时代就此结束。

看到了亲人在死亡面前的束手无策，我明白了死亡的必然、不可避免。死亡是那么触手可及，可又触及不到。我能做的就是珍惜身边爱的人，不做让自己后悔莫及的事，过好每一天，生命有限，时间却无限。愿我们的爱伴随着姥爷在地下长存。

姥爷，这本诗选还是没能来得及让您看见，姥姥说您是玉皇大帝的小书童，望您的在天之灵，保佑姥姥健康长寿，这本《礼物》，献给您。

2015 年 9 月 20 日又及于北京

一朵摇曳生姿的小红花

　　该说的，能说的，前面都明了了。

　　一直记得初读小寒诗稿时的感受：真实的生活，直白的文字，没有无病呻吟和矫揉造作，没有空洞和自以为是。一种感受扑面而来，脑海中这位尚未谋面的姑娘的模样随之而来，浮现：她是百花园里的一朵小红花，不争奇斗艳，只静默摇曳在那里，扎实生长，自如绽放，清香四溢，一天又一天，一年又一年。做这个选题的野心或是说决心是想要收集具有这般姿态的作者，无所谓名气和出身，无所谓年龄和背景，只看作品是否足够打动人心。

　　曾健作为推荐者从不吝啬他对小寒作品的欣赏，我相信他的判断，亦确信直觉。我把诗稿拿给其他朋友看，他们是优秀的编辑，亦是好的诗人或作家。他们的反应一致好。

　　我坚信诗歌是文字和生活的高度凝结，是文学世界里永恒的趋势和未来。我们直觉地感受到一股力量在中国的大地上聚集，一股越来越浓郁的、强有力的对发现、阅读、创作诗歌的热爱、渴求甚至崇拜的力量，存在着、蔓延着。我们建议加入作者母亲兼语文老师史金霞关于"珍视孩子诗性天赋并推动和成就它"的辅文，金霞老师还神通广大地拿到了永新主席、诗人小和的序，以及四篇角度各自的推荐语。我们决定克服万难出版和推介这本诗选，并努力保有作品中有价值却可能有争议的部分。我们相信诗选的问世，将给年轻读者及其师长带来一种确信：每个孩子都具有诗性天赋，看你如何发现它，并呵护、挖掘、运用好它。鼓励孩子们行动起来，拿起笔勇敢自信地迈进诗歌的世界，以当事人和旁观者的角度书写和记录生活，擅长从别人的诗作中汲取营养和能量，与诗歌相伴走漫漫人生路。于我们，这是一次有把握的"冒险"，是一种提倡和先见之明。

白天太忙乱，唯深夜看稿。虽肩颈苦楚，心眼疲倦，却是看一次就澎湃一次，也就不觉苦恼。2015年9月5日深夜，我写下这条微信：她将形成风暴，带来摧毁，卷走没落。9月16日，小寒的姥爷辞世。在最后一章增新作四篇，末篇《尘》是小寒回老家奔丧途中所作。愿老人家收到这份迟来的"礼物"。

同年10月，我离职。直到2017年7月某日，金霞老师向我提起此事，方知诗选出版不顺利。于是再次启动张罗，蒙上海教育出版社刘芳副社长、邹楠主任和小天编辑厚爱，诗选得以保有它的原汁原味，正式出版。

好事多磨，是为记。

斌荣

2015年9月16日于上海

9月18日改之

2017年11月16日再改

图书在版编目(CIP)数据

礼物:蒋筱寒诗选:2004-2015 / 蒋筱寒著. —上海:上海教育出版社,2017.11(2018.2 重印)
ISBN 978-7-5444-8014-7

Ⅰ.①礼… Ⅱ.①蒋… Ⅲ.①诗集—中国—当代
Ⅳ.①I227

中国版本图书馆CIP数据核字(2017)第287302号

著   者 蒋筱寒
责任编辑 储德天
特约编辑 吴斌荣   史金霞
封面设计 钱仁杰
封面题字 史占武
封面插图 蒋筱寒

礼物:蒋筱寒诗选(2004-2015)
蒋筱寒   著

出版发行 上海教育出版社有限公司
官   网 www.seph.com.cn
地   址 上海市永福路123号
邮   编 200031
印   刷 上海展强印刷有限公司
开   本 700×1000 1/16 印张 30.75
字   数 300 千字
版   次 2018 年 1 月第 1 版
印   次 2018 年 2 月第 2 次印刷
书   号 ISBN 978-7-5444-8014-7/I·0089
定   价 108.00 元

如发现质量问题,请向本社调换 电话 021-64377165